"오······ 오줌
쌀 것 같아······."

방은 밀실. 탈출은 불가능.
유키나 선배의 요의는 한계에 가깝다.
치맛자락을 꼭 쥐고 다리를 오므리는 유키나 선배.
발을 꾸물꾸물 바쁘게 움직이면서
"크흐······ 응!" 하며 애달픈 소리를 냈다.

헤비카와 아스카
여름의 끝물에 케이타 일행 앞에 나타난 수수께끼의 미소녀.
어릴 때 케이타와 만난 적이 있는 것 같은데──?

타이나카 쥬리
케이타를 따르는 활발한 고등학교 후배.
스스럼없으며 친근하게 가슴을 들이댄다.
게임을 아주 좋아하며 케이타의 집에 놀러오기도 한다.

샬롯
케이타와 유키나가 사는 공동주택에 이사해온 영국인 유학생.
겉모습은 초등학생으로밖에 안 보이지만 어엿한 여고생이다.
일본의 서브컬쳐를 아주 좋아하며 중2병을 앓고 있다.

난바 유키나

케이타가 사는 아파트의 이웃집에 살며 모두가 인정하는 재색을 겸비한 미소녀 선배.
하지만 어째서인지 케이타에게만 솔직해지지 못하고 독설을 하는 경향이 있다.
속마음을 늘어놓는 소리가 벽 너머의 케이타에게 들린다는 사실을 모른다.

타나카 케이타

공동주택에서 자취하는 고등학교 2학년.
이웃인 유키나 선배의 독설과 프로레슬링 기술에 농락당하면서 벽 너머로 들려오는 속마음을 늘어놓는 소리에 몸부림치는 나날을 보낸다.

"케이타……
귀여운 구석 없는 나에게
항상 다정하게 대해줘서 고마워."

잘못…… 들은 거 아니지?
그 독설소녀가 나에게 강사를 표현한 건가……?!

벽 너머라면 솔직하게
좋아 한다고
말할 수 있는걸!
DOKUZETSU SHOJO HA AMANOJAKU
독설소녀는 심술쟁이 1
우에무라 나츠키
ill.미레이

커버 그림, 본문 일러스트 | **미레이**

벽 너머라면 솔직하게

좋아

한다고

말할 수 있는걸!

DOKUZETSU SHOJO HA
AMANOJAKU

독 설 소 녀 는 심 술 쟁 이

【유키나 선배는 미워할 수 없어】

　학교에서 귀가하니, 내 방에 나보다 한 살 많은 여고생이 와 있었다.

　그녀의 이름은 '난바 유키나'. 긴 흑발을 가진 쿨한 선배로, 내가 자주 신세를 지고 있는 사람이다.

　유키나 선배는 교복 차림이었다. 오늘도 감색 블레이저와 회색 치마가 참 잘 어울렸다.

　"안녕하세요, 유키나 선배."

　"왔구나. 쓰레기."

　제일 먼저 나온 말이 독설이었다. 이제는 익숙하지만.

　여기는 공동주택 와카바장의 한 방. 내가 임대한 방이다.

　고등학교에 입학한 이래, 난 부모님의 방침에 따라 자취하고 있다. 아버지가 말씀하시길 자립형 인간이 되는 훈련의 일환이라고 한다.

　내 방을 둘러보니 다른 사람의 방이라 착각할 정도로 정리되어 있었다.

　"유키나 선배, 설마 제 방을——"

　"케이타. 이 책은 뭘까?"

　유키나 선배는 한 권의 책을 집어 들었다. 마치 더러운 물건을 다루듯이 집고 있었다.

"음…… 야한 책이네요."

참고로 제목은 'OL과 놀자! Vol.2'다. 물론 내 물건이다.

"우쭐대는 얼굴로 무슨 소릴 하는 거니. 변태 짓도 정도 껏 해."

"아니, 딱히 우쭐거리진 않았는데……."

"야한 책을 발견한 내 반응을 보고 즐길 속셈이었어? 그 럼 고도의 변태구나."

"성벽이 너무 뒤틀려 있는데요! 저한테 그런 취미는── 으억!"

유키나 선배가 갑자기 날 밀쳤다.

나는 불시 공격에 대응하지 못하고 꼴사납게 넘어졌다.

"아야야…… 뭐 하시는 거예요!"

"후훗. 꼴좋네."

유키나 선배는 위에서 날 내려다보며 그렇게 말했다.

바닥에 넘어져 있는 탓에 자연스럽게 선배의 교복 치마 에서 뻗어 나온 다리로 시선이 빨려 들어갔다. 가늘고 윤 기 있는 허벅지. 부드러워 보이는 종아리. 검은 니삭스에 감싸인 발끝. 모든 부분이 건강미가 있어 아름다웠다.

"이봐, 케이타. 여자아이가 성벽이 전부 드러나는 야한 책을 보니 어떤 기분이야?"

"네? 그게 우연히 OL물이었을 뿐이지, 전 딱히 그쪽인 게…… 흐극!"

꾸욱꾸욱.

유키나 선배는 니삭스에 감싸인 발끝으로 내 허벅지 안쪽을 공격했다. 발가락이 꿈틀꿈틀 움직일 때마다 정체를 알 수 없는 오싹오싹한 쾌감이 올라왔다.

여고생에게 발로 민감한 곳을 자극당하는 건 한창인 남고생에게 영 좋지 않아…… 큭! 진정해라, 내 이성!

"케이타. 사실은 부끄럽지? 지금 어떤 기분인지 큰 소리로 말해."

"그, 그건 좀 곤란…… 웃!"

"곤란해? 그럼 어떻게 해줬으면 하는지 빌어. 이 무뚝뚝한 백돼지 녀석."

"앗, 아아앗……!"

"말 안 하면 더 세게 한다? 이렇게 말이야."

"히기이이…… 꾸, 꾹꾹이 그만해애애……!"

"후훗. 칠칠치 못한 수컷의 얼굴을 하고는 한심한 목소리로 애원하다니…… 창피한 남자구나."

유키나 선배는 만족스럽게 말하고 꾹꾹이 공격을 멈췄다.

"하아 하아…… 이, 이게 무슨 짓이에요!"

"숨이 거친데. 여자애한테 치욕을 당해서 흥분했어?"

"아니야! 여자애가 그런 파렴치한 짓을 하지 말라는 뜻이라고!"

"말은 그렇게 하면서 실은 내 다리에 뜨거운 시선을 보내고 있잖아?"

"안 그랬어!"

"정말 역겨운 돼지구나. 죽는 게 어때?"

유키나 선배가 나를 쓰레기를 보는 듯한 눈으로 째려보며 말했다. 틀렸다. 이 사람, 말이 전혀 안 통해.

"그럼 난 이제 내 방으로 돌아갈게."

"잠깐만! 아직 제 말은 안 끝났…….'

"그렇게 하고 싶은 말이 있으면 벽에 대고 얘기하는 게 어때? 그럼 안녕."

"아, 그…… 또, 또 오세요!"

찰카닥.

말을 걸었지만 유키나 선배는 대답도 하지 않고 나가버렸다.

"멋대로 방에 들어와서 날 괴롭히고…… 저 사람은 뭐가 하고 싶은 걸까."

진성S에 독설을 날리는 살짝 소악마 같은 여자. 그것이 유키나 선배다.

하지만 사실 선배는 나쁜 사람은 아니다.

유키나 선배가 내 방에 오는 데는 이유가 있다. 계기는 내가 낯선 땅에서 미아가 된 유키나 선배를 도와준 것이다.

유키나 선배가 상경한 지 얼마 안 됐을 적의 이야기다.

도시로 이사 온 지 얼마 안 돼서 지리 감각이 없었던 유키나 선배는 실수로 모텔 거리의 입구로 길을 잘못 들었고, 헌팅남이 끈덕지게 달라붙어 심하게 고생했다.

내가 선배를 만난 건, 선배가 어찌어찌 헌팅남을 뿌리치고 죽을상으로 모텔 거리에서 빠져나왔을 때였다.

우연히 길을 지나가던 나는 사정을 듣고 그녀를 집까지 바래다주기로 했는데…… 알고 보니 선배는 내 옆방 주민이었다.

그 뒤부터 유키나 선배는 내 방에 와서 이래저래 보살펴주었다. 아무래도 그녀 나름의 보답인 듯한데…… 너무 자주 와서 스페어키까지 건네주고 말았다.

오늘도 와카바장으로 돌아오니 내 방이 깔끔하게 정리되어 있었다. 아마 유키나 선배가 청소해준 거겠지.

"또 고맙다는 말을 못 했네…….."

아마 고맙다고 해도 독설로 받아치겠지만.

성대하게 탄식하면서 시계를 힐끗 봤다.

……이제 곧 '그 시간'이다.

난 방구석으로 이동해서 벽에 귀를 딱 붙였다.

그러자 옆방에서 유키나 선배의 목소리가 들려왔다.

『저질러버렸어…… 또 저질러버렸다고오오오오!』

아까 독설을 토하던 차가운 목소리와는 전혀 다른 느낌이었지만, 이 귀여운 목소리는 틀림없이 유키나 선배의 목소리다.

사실, 이 건물은 벽이 상당히 얇다. 큰 소리를 내면 옆방까지 들린다.

『아아, 정말! 난 바보야, 바보! 그런 식으로 말하면 아무리 케이타가 마음이 넓어도 미움받을지도 모르는데!』

난 바보야, 바보.

유키나 선배가 자신의 머리를 콩콩 때리며 그렇게 말하는 모습을 상상해봤다. 큽, 위험하다. 너무 존엄해서 깜빡 성불할 뻔했다.

설명하겠다. 유키나 선배는 자신의 방에서 큰 소리를 내는 버릇이 있다. 내용은 언제나 '자신의 속마음'이다.

즉, 유키나 선배의 진성S는 페이크, 사실은 순수한 소녀이다. 나에게 독설을 하거나 벌을 주는 것도 과도하게 부끄러움을 숨기려다 나온 결과다.

『……케이타, 너무 착해. 항상 심한 짓을 하는데도, 헤어질 때마다 「또 오라고」 말해주고. 그건 즉, 나랑 더 얘기하고 싶다는 뜻이지? 기뻐라, 에헤헤…… 나도 더 많이 얘기해서 친해지고 싶어. 케이타가 날 좀 더 좋아하게 되면 좋겠는데…….』

유키나 선배는 부끄러운 듯이 그렇게 말했다.

……살짝 소리쳐도 되나?

유키나 선배 완전 귀엽잖아아아아아아!

내 앞에서는 진성S인데 벽 너머에서는 날 좋아하는 티를

마구 낸다니! 갭이 너무 크잖아! 진성S 부끄럼쟁이에 다른 사람을 잘 돌보는 데다가 응석도 잘 부리는 순정 소녀라는 캐릭터가 너무 잘 모여 있어! 귀여운 요소가 가득해! 점수를 따기는커녕 내 심장이 날아간다고!

그보다! 뭐가 '좀 더 좋아하게 되면 좋겠다'이냐! 이미 좋아한다고! 이만 깨달으라고, 둔탱이! 좋아하니까 발로 꾹꾹 밟혀도 용서하는 거잖아! 젠장! 좀 더 꾹꾹 밟으라고! 이 변태!

——라고 외치면 유키나 선배에게 들리니, 나는 그 자리에서 버둥버둥 몸부림칠 수밖에 없었다.

'좀 더 솔직해질 수 있도록 힘내자~! 아자, 아자, 파이팅!'

유키나 선배의 유치한 구호에 나도 모르게 표정이 풀어졌다.

이래서 유키나 선배는 미워할 수 없다.

"유키나 선배. 오늘도 감사합니다."

벽 너머에서 귀여운 속마음을 드러내는 유키나 선배에게 감사의 말을 했다.

물론 그녀에게 들리면 곤란하니 작은 소리로.

【유키나 선배는 게임을 못해】

집으로 돌아오니 유키나 선배는 와이드쇼를 보면서 전병을 먹고 있었다. 한바탕 일을 끝낸 주부인가. 제집인 양 편하게 쉬고 있잖아.

"유키나 선배, 안녕하세요."

"어서 와. 케이타. 평생 안 돌아와도 됐는데."

"가벼운 인사로 제 멘탈을 갉아내는 거, 그만하면 안 되나요?"

내 섬세한 마음이 산산조각 나버리잖아.

"어머. 케이타, 그 손에 들고 있는 건 뭐니?"

유키나 선배는 내가 손에 들고 있는 검은 비닐봉지를 가리켰다.

"아, 맞다 맞다! 이거 보세요!"

난 학교에서 돌아오는 길에 산 게임 소프트를 봉투에서 꺼내 유키나 선배에게 보여줬다.

갑자기 게임을 사 온 데는 이유가 있다. 유키나 선배와 게임 대결을 해서 친해진다는 작전이다.

나는 벽 너머로 유키나 선배의 웃음소리를 들은 적이 있지만, 웃는 얼굴을 제대로 본 적은 없다. 게임에 열중하면 유키나 선배의 웃는 얼굴을 볼 수 있을지도 모른다는 노림수다.

유키나 선배는 게임 소프트를 신기하게 바라보았다.

"그게 뭔데? 레이싱 게임?"

"네. 괜찮으면, 저랑 같이 안 할래요?"

"싫어. 어차피 벌칙으로 엉큼한 짓을 요구할 속셈이잖아?"

유키나 선배는 한숨을 쉬며 "정말이지 돼지가 할 만한 생각이야. 죽어"라고 말했다. 그런 동인지에서나 나올 법한 전개는 어디서 배웠나요.

흠…… 어떻게 하면 유키나 선배가 의욕을 내려나.

가장 간단한 방법은 자존심 센 유키나 선배를 자극하는 것인데…… 살짝 해보자.

"그러지 마시고~ 같이 게임 해요."

"끈질기네. 안 할 거야."

"아하~ 저한테 지는 게 무서운가요?"

시험 삼아 도발하니 유키나 선배의 눈썹이 움찔했다.

"……뭐라고?"

"유키나 선배, 실은 게임 실력이 엉망이라던가? 저한테 참패하는 게 무섭죠?"

"……상당히 자신 있구나. 좋아. 해주지."

오오, 됐다! 의도대로 굴러갔어!

"케이타. 벌칙 내용은 어떻게 할 거야?"

"정석대로 '진 사람이 이긴 사람이 시키는 것을 무엇이든 하나만 들어주는 것'은 어때요?"

"좋아. 단, 핸디캡을 줄 거야. 난 게임을 해본 적이 거의 없으니까."

"알겠어요. 그럼, 유키나 선배는 한 번이라도 1등으로 골인하면 이긴 거로 해요. 전 그 전에 10승 하면 이기는 거로 하고."

"좋아. 후회하지 말라고."

난 게임기의 전원을 켜고 소프트를 세팅했다. 유키나 선배 옆에 앉아서 컨트롤러를 잡았다.

게임을 켜고 타이틀 화면을 스킵. 대전 모드를 선택해서 레이싱카를 선택하는 화면으로 넘어갔다.

"케이타. 이거, 어떻게 고르는 거야?"

"십자 키로 커서를 움직여서 정해주세요."

"십자 키……?"

"이거에요, 이게 십자 키. 결정은 여기 있는 A 버튼을 누르고…… 앗."

컨트롤러 조작 방법을 가르쳐주다가 중대한 사실을 깨닫고 말았다.

나와 유키나 선배는 어깨가 닿을 정도로 밀착해 있었다.

뭐지? 여자는 모두 이렇게 좋은 향기가 나는 건가?

가슴을 두근거리고 있으니, 유키나 선배는 차가운 눈으로 날 째려봤다.

"혼란을 틈타서 나에게 달라붙다니…… 이 변태. 색골."

"죄, 죄송합니다!"

당황해서 떨어지니 유키나 선배는 다시 화면으로 시선을 돌렸다. 다행이다. 아직 진성S 공격은 나오지 않는 모양이다.

나는 검은 차를, 유키나 선배는 빨간 차를 각각 골랐다.

"A 버튼이 액셀, B 버튼이 브레이크. 십자 키가 핸들이에요. 유키나 선배가 고른 차는 오토니까 기어를 바꿀 필요는 없어요."

"조작은 간단한 것 같네. 후훗, 큰 차이로 이겨줄게."

그리고 카운트다운이 시작되었다.

3, 2, 1…… 스타트!

먼저 유키나 선배의 빨간 차가 튀어 나갔다.

직선에서는 유키나 선배의 차가 유리하다. 코너에서 차이를 벌리자.

앞에서 달리는 유키나 선배의 차를 쫓으면서 첫 번째 코너를 돌았다.

"우승은 내 거야."

유키나 선배는 차가 커브를 트는 방향으로 몸을 기울이며 그렇게 말했다. 나왔다~, 초보자에게서 쉽게 볼 수 있는 버릇!

그 귀여운 행동은 높이 평가해야 마땅하지만, 이건 진지한 승부다. 봐주지 않는다.

"훗훗후. 그렇게 쉽게 이길 수는 없을걸요!"

난 유키나 선배의 차를 쫓아서…… 어라?

갑자기 유키나 선배의 차가 사라졌다.

"아아, 정말! 왜 못 트는 거야!"

유키나 선배가 분한 듯이 그렇게 말했다.

화면을 잘 보니, 유키나 선배의 차는 바깥쪽 가드레일에 부딪쳐 감속하고 있었다. 코너에서 속도를 떨어뜨리지 않아 바깥으로 크게 벗어났을 것이다.

"그럼 먼저 갈게요~."

난 화려하게 드리프트를 하며 앞질렀다.

"앗…… 흐, 흥. 지금 건 핸디캡이야. 이제부터 제대로 할 거야."

실수해도 허세 부리는 유키나 선배. 아니, 핸디캡을 적용받고 있는 건 당신인데요…….

그 뒤에도 유키나 선배는 코너를 잘 돌지 못하고 계속해서 부딪쳤다.

그 결과, 첫 레이스는 내 승리로 끝났다.

"……케이타. 한 번 더 해."

"저기, 유키나 선배. 코너에서 액셀을 힘껏 밟는 건 초보자가 할 만한 테크닉이……."

"시건방진 조언 하지 마. 때릴 거야."

"하지만 그런 코너링으로는……."

"됐으니까 빨리 해! 이 지저분하고 추한 백돼지가!"

"나, 넵 꿀꿀! 지금 세팅하겠습니다, 꿀!"

유키나 선배의 서슬 퍼런 모습에 겁먹은 나는 돼지 흉내를 내면서 다음 레이스를 시작했다.

……하지만 몇 번을 해도 결과는 똑같았다.

"아자! 헤헷, 내가 이겼다~!"

"아직이야! 한 번 더 해!"

(잠시 후)

"제가 이겼네요."

"빨리 다음! 다음엔 이길 수 있을 것 같아!"

(잠시 후)

"저기, 또 제가 이겼는데…….".

"케이타. 치사한 수법을 쓰면 못써."

안 썼어. 유키나 선배의 코너링이 끝내주게 형편없기 때문이잖아.

게임은 무탈하게 진행되어 갔다.

현재 스코어는 9승 0패. 다음 레이스에서 진 쪽이 벌칙을 받는다.

"저기, 유키나 선배…….".

"시끄러워. 입 다물어."

"하지만…….".

"잘 알아둬. 때로는 여자에게 있어서 질 수 없는 싸움이 있는 거야."

　그때가 지금은 아닌 것 같은데…… 뭐 상관없나. 깔끔하
게 이기고 끝내자.

　마지막 레이스가 시작되었다. 난 스타트 대시를 끊는 유
키나 선배를 쫓았다. 몇 번이나 반복한 레이스 전개다.

　"이번엔 비책이 있어."

　유키나 선배는 내 뒤로 이동했다.

　"에? 비책?"

　갸웃하고 있으니 옆구리에 살갗의 온기가 느껴졌다.

　시선을 돌리니, 내 옆구리에 유키나 선배의 발이 있었다.

　"유, 유키나 선배? 뭘 하려는 거죠?"

　"이렇게 하는 거야."

　유키나 선배는 발가락으로 내 옆구리를 요령 좋게 간질
였다.

　"아하핫! 잠깐, 그, 그만~!"

　"자자. 앞을 안 보면 부딪친다고?"

　"유, 유키나 선배가 간질이니까아! 아하하, 햐하하하하!"

　간질간질.

　문질문질.

　니삭스에 감싸인 발가락이 촉수처럼 꿈틀꿈틀 움직였다.
그뿐만이 아니었다. 유키나 선배가 바로 뒤에 있어서 숨이
내 귀에 닿아 간지러웠다.

"아하하핫! 그, 그만~! 집중할 수 없어~!"

"코너가 가까워지고 있어. 이대로라면 틀지 못하고 바깥으로 가버리겠네."

"훗, 후하하핫! 가, 가고 싶지 않아! 갈까 보냐!"

"그만 편해지렴, 이 천한 돼지 녀석! 꿀꿀거리면서 죽어!"

"꾸울! 가, 간다아아아! 가버려어어엇!"

끼리리릭!

슈웅~!

브레이크를 걸었지만 때는 이미 늦었다. 나는 가드레일에 격돌했다.

"아~! 유키나 선배, 치사해!"

"잘 알아둬. 때로는 여자에게 있어서 질 수 없는 싸움이 있는 거야."

"그 말은 아까 했잖아요!"

그 대사가 마음에 들었을 뿐인 거 아니야? 지금 할 말이 아니라고.

서둘러 레이스로 돌아갔지만 이젠 돌이킬 수 없을 정도로 차이가 벌어져 있었다.

유키나 선배의 장외전술에 현혹당한 나는 어이없게 게임에서 패배했다.

"후훗. 내 승리네. 케이타는 벌을 받아야겠어."

그랬다. 패자에게는 벌칙이 기다리고 있었다.

상대는 진성S인 유키나 선배다. 분명 엄청난 짓을 시킬 것이다.

가슴을 졸이며 기다리고 있으니 유키나 선배가 벌칙을 선고했다.

"오늘부터 케이타는 내 하인이야. 넌 내 말은 뭐든 들어야 해. 알겠지?"

유키나 서배는 요염한 웃음을 보이더니 슥 일어섰다.

"또 올게. 그럼 안녕."

유키나 선배는 빠르게 방에서 나갔다.

"……그게 벌칙인가?"

나는 고개를 갸웃했다.

지금 상황이랑 별로 다를 게 없지 않아?

"뭐, 항상 신세를 지고 있으니 어느 정도의 억지라면 들어주겠지만……."

어이쿠 이런. 슬슬 그 시간이다.

나는 방구석으로 이동해 벽에 귀를 딱 붙였다.

『저질러버렸어…… 또 저질러버렸다고오오오오!』

옆방에서 유키나 선배가 참회하는 목소리가 들려왔다.

『게임을 하는데 치사한 짓을 해버렸어! 아아, 정말! 케이타가 날 비겁하고 얍삽한 여자라고 생각하면 어떡하지!』

아뇨, 그렇게 생각 안 해요. 이러니저러니 해도 재밌었어요, 유키나 선배.

『그렇지만 그렇지만, 케이타가 나빠. 초보자인 나를 상대로 진지하게 하니까. 좀 더 다정하게 가르쳐줘도 되잖아……그, 그래도 평소엔 다정하지만! 항상 내 고집도 들어주고. ……하지만 사실은 정떨어진 게 아닐까 불안해. 그래서 나랑 케이타를 묶어두고 싶어서 그런 이상한 벌칙을 말해버렸어…… 케이타, 난처했겠지…….』

유키나 선배는 기운 없는 목소리로 그렇게 말했다.

……살짝 소리쳐도 되나?

유키나 선배 완전 귀엽잖아아아아아아아!

뭐냐고 '케이타가 나빠'라니! 안 봐도 알 수 있다고! 어차피 볼을 부풀리고 말했지! 귀여움의 상징입니까, 당신은!

그리고 벌칙의 진의는 그런 거였나! 아니, 정떨어질 리가 없잖아! 하인이 아니어도 유키나 선배의 부탁이라면 뭐든지 들어줄 거야! 그러니까 유키나 선배는 평소대로 있으면 좋겠어!

유키나의 진심…… 나한테만 가르쳐줘!

──라고 소리치면 유키나 선배에게 들리니, 나는 그 자리에서 버둥버둥 몸부림칠 수밖에 없었다.

『케이타의 마음에 들 수 있도록 잔뜩 보살펴줘야 해. 힘내라, 나!』

유키나 선배의 한결같은 마음에 내 마음이 꼬옥 죄었다.

이래서 유키나 선배는 미워할 수 없다.

"유키나 선배. 저도 당신에게 뭔가 보답할 수 있도록 노력할게요!"

벽 너머의 심술쟁이 소녀에게 그렇게 선언했다.

물론 그녀에게 들리면 곤란하니 작은 소리로.

【유키나 선배는 머리를 쓰담쓰담 받고 싶어】

방으로 돌아오니 여느 때처럼 교복 차림의 유키나 선배
가 있었다.

"유키나 선배. 안녕하세요."

말을 걸었으나, 아무런 대답도 돌아오지 않았다.

유키나 선배는 내가 돌아온 줄도 모르고 정신없이 만화
를 읽고 있었다.

"뭐 읽고 있어요?"

겨우 내 존재를 인식한 유키나 선배는 말없이 만화책의
책등을 보여줬다.

읽고 있던 만화는 요즘 한창 화제인 순정만화였다. 반에
서 붕 뜬 쿨한 소녀가 마음씨 착한 소년과 교류하며 사랑
에 빠진다는 내용이다.

이 만화의 히로인은 유키나 선배와 분위기가 비슷했다.
그 때문인지 무심코 본심을 감추는 히로인의 모습이 엄청
나게 공감된단 말이지.

"그 만화 재밌죠?"

"뭐? 진심으로 하는 말이야?"

"물론이죠. 저도 그 만화 같은 연애를 하고 싶어요."

"상대가 없잖아? 슬픈 망상이구나."

그만둬! 가혹한 현실을 들이대지 마!

"그럼 유키나 선배는 어떤가요? 순정만화 같은 사랑, 하고 싶은가요?"

"딱히. 관심 없어."

"그런 것 치고는 찬찬히 읽은 것 같은데……."

"단순한 심심풀이야. 말도 안 되는 전개에 질색했어. 예를 들면…… 이거라던가."

유키나 선배는 어떤 페이지를 나에게 보여줬다.

"머리를 쓰다듬는 장면이네요."

주인공이 여자아이의 머리를 부드럽게 쓰다듬는 장면이었다. 여자아이는 얼굴을 빨갛게 물들이고 가슴을 콩닥거리고 있었다.

"얘, 케이타. 이 신, 어떻게 생각해?"

"좋지 않나요? 저도 좋아하는 애가 있으면 머리를 쓰다듬어주고 싶어요."

"마치 동정의 모범과 같은 사고회로를 가지고 있구나."

유키나 선배는 '완전 꼴값이야'라며 내 망상을 일축했다. 더럽혀지지 않은 퓨어한 사춘기 남자를 꼴값이라고 하지 마.

"유키나 선배는 머리 쓰담쓰담 받고 싶지 않으요?"

"안 받고 싶은데."

"어라~? 정말요?"

"훗. 난 머리를 쓰다듬는다고 반하는 쉬운 여자가 아니야."

유키나 선배는 나를 바보 취급하듯이 웃었다.

나는 알고 있다. 유키나 선배가 보통 청개구리가 아니라는 사실을.

즉, 사실은 분명 머리를 쓰담쓰담 받고 싶다고 생각하고 있을 것이다.

그렇다면 내가 할 일은 정해져 있다.

"유키나 선배. 실례할게요."

난 호되게 깨질 각오를 하고 유키나 선배의 머리를 쓰다듬었다.

그 순간, 분노의 파동을 온몸으로 맞았다.

"……케이타. 똥개 주제에 건방져."

"빠, 빨라—— 으억!"

유키나 선배는 재빠르게 날 밀치고 바로 굳히기 기술을 걸어왔다.

내 목과 팔이 유키나 선배의 양 다리에 단단히 붙잡혔다. 흔히들 말하는 '삼각조르기'다.

"케이타한테는 말 안 했었구나. 나는 유도를 배운 적이 있어."

"으극…… 이, 이건……!"

경동맥이 조이고 있었다. 이건 위험하다. 하지만 내 얼굴이 유키나 선배의 허벅지 사이에 끼어있는 이 상황도 상당히 위험하다!

게다가 유키나 선배는 교복 차림. 뭡니까, 이 포상은. 이

곳은 그렇고 그런 매니악한 가게입니까?

이런. 고통과 쾌락 틈새에 있었더니 의식이 몽롱해지기 시작했다.

"케이타, 왜 그래? 특별히 발언을 허락할게. 말해봐."

"이, 이 상태는, 이래저래 좋지 않아요…… 오오."

"한심한 얼굴이야. 여자에게 힘으로 굴복당해 치욕을 맛보는 패배자의 표정이야."

아니에요. 여러 가지 의미로 승천할 것 같은 얼굴이에요.

"기, 기브 업, 이에요……."

바닥을 탭하자 유키나 선배가 날 풀어줬다.

괴, 괴로웠어…… 살짝 아쉬운 기분도 들지만, 목숨과는 바꿀 수 없지.

"날 거리낌 없이 만지지 마. 다음에 그러면 팔가로누워 꺾기 형에 처할 거야."

또 살짝 에로한 전개가 확정된 기술이었다. 아무래도 굳히기 기술이 특기인 듯하다.

"케이타가 괴로워하는 얼굴을 봐서 만족했어. 난 이제 돌아갈게."

그런 말을 남기고 유키나 선배는 방에서 나갔다.

"하아아…… 주, 죽는 줄 알았네……."

겨우 목소리가 나오게 된 나는 혼잣말 했다.

유키나 선배, 자극이 너무 강해요. 사춘기인 전 버틸 수가 없어요. 발칙한 발기술과 굳히기 기술은 자제해주세요⋯⋯ 죄송합니다. 거짓말을 했습니다. 가끔은 그런 것도 나쁘지 않아요!

자. 슬슬 그 시간이다.

나는 방구석으로 이동해서 벽에 귀를 딱 붙였다.

『저질러버렸어⋯⋯ 또 저질러버렸다고오오오오!』

옆방에서 유키나 선배의 속마음 샤우팅이 들려왔다.

『케이타한테 분명 미움받았을 거야⋯⋯. 삼각조르기를 거는 이웃이라니, 공포잖아!』

미워하지 않아요, 유키나 선배. 아니, 오히려 좋아해요. 처음엔 '옆집 사람, 위험한 사람이야!'라고 생각했지만, 금방 당신의 반전 매력에 빠져들었어요.

『케이타. 갑자기 쓰다듬는 거 치사해. 하지만⋯⋯ 엄청 좋았어. 다음엔 벽쿵을 해줬으면 좋겠어⋯⋯ 나도 참, 망상이 너무 심해. 케이타는 날 좋아하지 않는걸. 너무 기대하면 안 돼. 곁에 있을 수 있는 것만으로도 행복하니까.』

유키나 선배는 약간 쓸쓸하게 그렇게 말했다.

⋯⋯살짝 소리쳐도 되나?

유키나 선배 완전 귀엽잖아아아아아아아!

치사하다면서 삐지는 게 완전 히로인 같아! 게다가 벽쿵도 당하고 싶다니, 소녀인가! 이 욕심꾸러기! 다음에 반드시 해줄게!

그보다 안 좋아한다고 단정 짓지 마! 좋아하니까! 공략 난도가 너무 높아서 공략 안 됐을 뿐이니까! 저도 곁에 있을 수 있는 것만으로도 행복해요! 그런 마음을 노래로 만들었습니다, 들어주세요! '사랑의 독설 삼각조르기'!

──라고 외치면 유키나 선배에게 들리니, 나는 그 자리에서 버둥버둥 몸부림칠 수밖에 없었다.

『케이타에게 좀 더 사랑받을 수 있는 여자가 돼야 해! 힘내자~!』

유키나 선배의 갸륵한 마음에 내 가슴은 빵 꿰뚫렸다.

이래서 유키나 선배는 미워할 수 없다.

"유키나 선배. 저도 당신에게 어울리는 남자가 되어 보이겠어요."

벽 너머에서 속마음을 드러내는 유키나 선배에게 결의를 표명했다.

물론 그녀에게 들리면 곤란하니 작은 소리로.

【유키나 선배는 한 우산을 쓰는 게 부끄러워】

방과후를 알리는 종소리가 울려 퍼졌다.

문득 교실 창문으로 바깥을 봤다. 아침엔 맑았는데, 지금은 비가 추적추적 내리고 있었다. 그러고 보니 이번 주부터 장마철이었나.

"참 싫은 계절이야……."

나는 혼잣말하며 예비우산을 들고 교실을 뒤로했다.

신발장에서 가죽신으로 갈아 신고 학교에서 나가려는데 마침 잘 아는 인물과 만났다.

"앗…… 유키나 선배."

유키나 선배는 신발장에서 나오면 바로 보이는 곳에 서 있었다. 지붕 아래에 있어서 비에 젖진 않았다.

이렇게 비가 내리는데 유키나 선배는 우산이 없었다.

난 유키나 선배 곁으로 달려갔다.

"유키나 선배. 비를 피하고 있나요?"

"학교에서 말 걸지 마. 나까지 변태로 오해받잖아?"

"전 학교에서도 사이좋게 지내고 싶은데…… 아니, 제가 변태라는 전제를 깔고 이야기하지 마세요!"

"말은 그렇게 하면서 나한테 매도당해서 흥분하고 있는 게 뻔히 보여."

"아니, 안 했는데?!"

"그야말로 진성M의 귀감이구나. 돼지로 조교한 보람이 있어."

유키나 선배는 우쭐대면서 웃었다. 누가 돼지라는 거야.

"우산 잊어버렸나요?"

"그래. 오늘 아침에 일기예보를 보는 걸 잊어버려서."

"괜찮으면 저랑 우산 같이 써요. 마침 집으로 가는 길도 똑같으니까요."

"같이 하교해서 쫄딱 젖은 내 몸을 핥듯이 볼 속셈이야? 그림으로 그려낸 듯한 변태구나. 기분 나빠."

변태 아니라고. 반대라고. 비에 젖지 않도록 같이 우산을 썼으면 하는데.

"하지만 유키나 선배는 우산 없잖아요."

"뛰어서 돌아갈래."

"안 돼요. 젖으면 감기 걸려요."

"그렇게나 나랑 같이 우산을 쓰고 싶은 거야? 필사적이네. 역시 동정——"

"아니야!"

나도 모르게 큰 소리가 나오고 말았다.

유키나 선배는 눈을 크게 뜨고 깜빡였다.

"어…… 케이타, 동정 아니야?"

아니 그건 맞아! THE 동정이라고! 내버려 둬!

"같이 우산을 쓰고 싶은 게 아니에요. 전 단순히 유키나 선배가 걱정돼요. 선배가 비에 젖어서 집으로 돌아갔는데 감기라도 걸리면, 전 엄청 슬플 거예요."

"케이타……."

"전 유키나 선배의 하인이지만, 오늘은 제가 하는 말을 들으세요. 자, 들어와요."

우산을 내밀자 유키나 선배는 주저하면서 들어왔다.

"……어쩔 수 없네. 나도 감기 걸리는 건 싫어. 케이타가 약해진 날 덮치러 올지도 모르니까."

안 덮쳐. 오히려 헌신적으로 간병할 거라고.

아무튼 우산을 같이 써줘서 정말 다행이다.

"그럼 갈까요."

우리는 하나의 우산을 함께 쓰고 하교했다.

빗발은 학교에 있을 때보다 더 강해져 있었다. 잿빛 구름이 빗방울을 쏴아 하고 토해냈다.

스쳐 지나가는 사람의 시선을 느꼈다. 미인인 유키나 선배와 영 시원찮은 내가 한 우산을 쓰고 있으니 시선이 가는 것도 이해가 되지만.

"우리, 왠지 눈에 띄는 것 같네요."

"케이타가 옷을 안 입고 있어서 그런 거잖아?"

"입고 있어! 교복을 완벽하게 입고 있다고!"

"실례했네. 거의 알몸이지만, 넥타이랑 양말만은 몸에 걸치고 있구나."

"그거 전라보다 변태도가 더 높지 않아?! 평범한 풀 세트라고!"

"……저기. 아까부터 어깨가 닿고 있는데."

"어…… 아얏!"

진짜다. 못 알아차렸는데, 나와 유키나 선배는 상당히 밀착해 있었다.

"하인 주제에 주인을 성희롱하다니, 무슨 생각이지?"

"죄, 죄송합니다!"

난 당황해서 홱 물러섰다.

"아, 아니에요! 딱히 그런 흑심이 있었던 게 아니라! 유키나 선배가 비에 젖지 않도록 가능한 한 가까이 붙은 결과, 어깨가 맞닿았을 뿐이에요!"

"아, 얘! 너무 떨어졌어! 비 맞잖아!"

"아얏! 죄, 죄송해요!"

유키나 선배는 다시 우산으로 들어왔다.

시간으로 치면 겨우 몇 초 사이에 일어난 일이었다. 하지만 빗발이 너무 강했나 보다. 유키나 선배는 생각보다 많이 젖었다.

"정말. 케이타 때문에 쫄딱 젖었어. 정말 쓸모없는 하인이네."

유키나 선배는 불만을 토로하면서 날 째려봤다. 위험해, 엄청 화났어…… 응?

"이, 이건……!"

계절은 6월. 교복은 이미 하복으로 바뀌어 있다. 우리는 블레이저가 아니라 하얀 와이셔츠를 입고 있다.

다시 말해서…… 유키나 선배의 젖은 와이셔츠가, 비, 비비비비, 비쳐 보인다!

유키나 선배의 날씬한 몸에 와이셔츠가 착 달라붙었다. 보디라인이 선명해진 만큼, 풍만한 가슴도 강조되었다.

내 시선은 자연스럽게 가슴으로 끌렸다. 그런가. 하늘색 브래지어인가…….

"케이타? 그렇게 열심히 어딜 보는——!"

내 시선이 어디를 향하는지 알아차린 유키나 선배는 서둘러 가방으로 가슴을 가렸다.

"죄, 죄송합니다! 그, 지금 건 불가항력이랄까, 사춘기 남자가 거스를 수 없는 욕망의 발로라고 해야 할까……!"

"케이타…… 척살과 박살, 좋아하는 쪽을 골라."

"둘 다 데드엔드인데요?!"

어느 쪽도 살인 예고였다. 울고 싶다.

"하인 주제에 주인을 욕보이다니…… 벌을 줘야겠구나."

유키나 선배는 검지로 내 허벅지 안쪽을 쓱 훑었다. 간지럽고 오싹오싹했다.

"앗, 앗…… 무, 무슨 짓을……!"

"케이타가 기분 좋게 느끼는 곳을 찾고 있어."

"기분 좋게, 느끼는…… 곳……?!"

그, 그건…… 외설스러운 곳인가요?

이런 야외에서 무슨 짓을 할 생각인가요, 유키나 선배……!

"이쯤이려나?"

유키나 선배는 사타구니 부근에서 손을 멈췄다.

그리고 얄팍한 살을 손가락으로 힘껏 꼬집었다.

꾸우우우우우욱!

"아야야얏! 어라?! 생각했던 거랑은 다른데요?!"

"어머나? 무슨 생각을 했는지 말해보렴. 이 변태 호색한 이등병 녀석!"

입이 찢어져도 말할 수 없어요. 사회적으로 죽어요.

"아야얏! 유키나 선배, 항복! 살 뜯어져요!"

"맞아. 그럴 생각이야."

"이 사람, 의외로 무섭네! 농담으로 끝날 일이 아니라고요, 진짜로!"

"흥. 벌조차 제대로 받지 못하다니…… 구제할 길이 없는 돼지구나."

유키나 선배는 날 놓아줬다.

"나, 혼자 집에 갈래."

"아야야야…… 네? 하지만 우산이…….."

"에로 하인과 어깨를 맞대고 돌아갈 바에는 비 맞고 돌아가는 편이 훨씬 나아. 그럼 안녕."

"앗! 유키나 선배!"

유키나 선배는 달려서 집으로 가버렸다.

하아…… 오늘은 완전히 내가 잘못했어. 속이 비쳐 보이는 셔츠를 빤히 쳐다보면, 당연히 기분 나쁘겠지. 반성.

한동안 걸어서 내가 사는 공동주택에 도착했다.

집으로 돌아온 나는 여느 때와 같이 벽에 귀를 딱 붙였다.

『저질러버렸어…… 또 저질러버렸다고오오오오!』

옆방에서 유키나 선배가 후회하는 목소리가 들려왔다.

『너무 부끄러워서 또 괴롭히고 말았어어! 내가 비에 젖은 건 케이타 탓이 아닌데…… 으읏, 미안해…….』

아뇨, 제가 잘못했어요.

유키나 선배가 싫어하는 짓을 해서 미안해요.

『하지만 그렇게 빤히 쳐다볼 줄은 몰랐어. 케이타도 참, 변태라니깐. 너무 밝히면 싫어할 거다? ……농담이지만. 싫어할 수 있을 리가 없잖아. 남자애인걸. 어쩔 수 없지. 오히려 내가 케이타의 밝히는 성격을 받아들여야지…… 너, 너무 밝히면 안 된다?』

유키나 선배는 '케이타는 에로에로 성인이다~'라며 알 수 없는 콧노래를 부르기 시작했다.

……살짝 소리쳐도 되나?

유키나 선배 완전 귀엽잖아아아아아아아!

'싫어할 거다?'가 뭐냐고! 나도 유키나 선배가 너무 괴롭히면 싫어할 거다? 뭐, 무리지만! 요즘엔 당신의 심술을 부리는 태도마저 매력적이라고 생각한다고~!

그리고 경솔하게 '밝히는 성격을 받아들인다'라는 말을 하지 말라고! 난 그러려는 게 아니니까! 제대로 사귀기 전까지는 고의로 엉큼한 짓은 안 하니까! 우연히 그런 일이 일어나는 것만 유효하니까! 심하게 유혹을 당하면 마음이 흔들리잖아! 이 귀여운 악마 녀석아!

큭…… 이대로 가다간 망상의 액셀이 가속해서 사춘기가 제한속도를 넘어 성춘가도(性春街道)를 폭주해버려……!

──라고 외치면 유키나 선배에게 들리니, 나는 그 자리에서 버둥버둥 몸부림칠 수밖에 없었다.

『케이타는 호색한 이등병♪』

유키나 선배의 알 수 없는 콧노래를 듣고 무심코 웃어버렸다.

이래서 유키나 선배는 미워할 수 없다.

"유키나 선배. 의외로 음치네요."

벽 너머에 있는 유키나 선배를 놀려봤다.

물론 그녀에게 들리면 곤란하니 작은 소리로.

【유키나 선배는 간병하고 싶어】

"38.5도…… 케이타. 너, 틀림없는 감기야."

유키나 선배는 체온계를 보면서 기막혀했다.

"비 맞으면서 집에 온 내가 멀쩡한데, 왜 우산을 쓰고 돌아온 케이타가 감기에 걸리는 걸까. 혹시 고도의 바보야?"

침대에 누워있는 나를 내려다보는 유키나 선배. 이런 때에도 그녀의 독설 컨디션은 최고였다.

하지만 사실은 나를 걱정하고 있을 것이다. 그렇지 않으면 이렇게 나를 간병할 리가 없다.

"죄송해요, 유키나 선배. 폐를 끼쳐서……."

"신경 쓰지 마. 단순한 보답이니까."

"죄송해요…… 콜록, 콜록!"

"균을 날리지 마. 옮으면 몸이 썩을 거야."

안 썩어. 내가 무슨 좀비냐.

"자. 환자니까 얌전히 누워있어."

유키나 선배는 내 머리를 살며시 쓰다듬었다.

……평소엔 독설을 날리지만, 사실은 마음씨 착한 사람이란 말이지, 유키나 선배는.

"콜록, 콜록!"

"기침이 심하네…… 오늘은 안정을 취하고 시체처럼 자. 주인의 명령이야. 알겠지?"

비유는 신랄하지만, 걱정해주니 기뻤다. 나는 고개를 끄덕끄덕 끄덕였다.

설마 유키나 선배에게 간병을 받는 날이 올 줄이야…… 걱정해주는 선배에게는 미안하지만, 정말 기쁘다.

행복을 음미하고 있으니, 몸이 갑자기 부르르 떨렸다.

"아…… 저, 화장실에 가고 싶어요."

"뭐? 나한테 대소변 시중까지 시킬 생각이야? 욕심쟁이 돼지구나."

"그, 그런 뜻이 아니에요! 혼자 갈게요…… 콜록!"

"그럼 빨리 가. 기다려줄 테니까."

"네. 죄송해요."

난 침대에서 비틀거리며 일어났다.

"괜찮아? 걸을 수 있겠어?"

"아, 네. 아마도."

나는 비틀거리는 발걸음으로 화장실로 가서 문을 열고 안으로 들어갔다.

그나저나 '괜찮아?'라니…… 진심으로 걱정해주고 있구나. 유키나 선배가 다정하게 대해주니 꿈만 같다.

볼일을 다 본 나는 화장실에서 나왔다.

유키나 선배가 비틀거리는 나를 걱정스러운 눈으로 봤다. 괜찮아요. 금방 나을 거니까, 또 게임이라도 같이 해요…… 우왓!

발이 꼬여 앞으로 넘어졌다.

"케이타! 괜찮…… 꺅!"

큰일 났다. 날 부축해주려고 한 유키나 선배를 넘어뜨리고 말았다.

"아야야…… 유키나 선배, 다친 곳은 없나요?"

몰캉.

오른손에 느껴지는 부드러운 감촉. 손에 감싸인 그것은 마시멜로 같으면서도 탄력이 있었다. 마치 '한 번 더 주물러도 괜찮다고?'라고 말하는 것처럼 내 손을 튕겨냈다.

"앗…… 응!"

유키나 선배의 교성을 듣고 퍼뜩 정신이 들었다.

쭈뼛쭈뼛 손을 봤다.

어이, 오른손이 선배의 가슴을 멋대로 잡고 있는데.

"우와아아아! 죄송합니다, 죄송합니다!"

황급히 사과하며 물러났지만, 때는 이미 늦었다. 실내는 살기로 가득 찼다.

"……잘도 날 욕보였구나."

"아, 아니에요! 지금 건 그러니까, 불행한 사고라고 해야 하나……."

"그래. 유언은 그걸로 끝이지?"

히이이이이익! 주, 죽는다아아아아!

"환자라는 것을 이용해서 방심한 나를 덮치다니…… 꿍

장한 쓰레기 돼지야."

"그, 그럴 생각은……."

"조용히 해."

"우왓!"

유키나 선배는 내 팔을 잡아당겼다. 나는 그대로 끌려가
서 엎드린 자세를 취하게 되었다.

"돼지. 참회하렴."

유키나 선배는 니삭스에 감싸인 발로 내 등을 꾹꾹 밟
았다.

"끄억…… 이, 이건……!"

여고생에게 밟히다니…… 큭! 이 무슨 배덕적인 시추에
이션인가!

"얘, 케이타. 여자애한테 밟히는 기분은 어때?"

"아, 아파요……."

"거짓말이야. 기분 좋아 보이는 얼굴로 이쪽 보지 마. 구
역질이 나."

유키나 선배는 쓰레기를 보는 눈으로 나를 내려다보며
계속해서 밟았다.

"케이타. 내가 어떻게 해줬으면 하는지 말해."

"그, 그만 밟았으면 좋겠어요…… 읏!"

"솔직하게 여고생의 맨발로 밟아주면 좋겠다고 말해. 이
쾌락주의 수퇘지가!"

"그렇게까지 변태는 아닌데요?!"

환자를 진성M으로 조교하는 건 그만두는 게 좋지 않을까요?

"……뭐 됐어. 환자니까 이 정도로 끝내줄게."

유키나 선배는 마지못해 나를 놓아주고 얼굴을 가까이 댔다.

"다음에 내 가슴을 만지면 죽일 거야. 알겠지?"

엄청난 박력에 기가 꺾인 나는 겁을 집어먹고 고개를 끄덕였다.

"난 이만 돌아갈게. 되도록 영양가 있는 식사를 하도록 해."

유키나 선배는 마지막에 미묘하게 다정한 모습을 보여주고는 방에서 나갔다.

터무니없는 짓을 해버렸다. 이틀 연속으로 우연히 야한 일이 벌어진 건 좋지 않다. 유키나 선배, 화났겠지.

……슬슬 그 시간인가.

난 병든 몸을 채찍질하여 벽에 귀를 딱 붙였다.

『저질러버렸어…… 또 저질러버렸다고오오오오!』

옆방에서 유키나 선배의 고정 대사가 들려왔다.

『환자를 밟는 건 너무하잖아! 진성S를 넘어서 망나니야! 나 같은 건 기물파손죄로 경찰 아저씨한테 체포당해야 해애애애!』

아니, 멋대로 자신을 심하게 몰아세우고 있어! 이번에도 제 잘못이니까, 너무 그렇게 자신을 나무라지 마세요!

그리고 기물파손은 너무하지 않나?! 날 물건 취급하지 마세요!

『케이타, 정말 괴로워 보였어…… 미안해, 케이타. 다음에 간병할 때는 상냥하게 돌봐줄게. 야한 건 안 되지만…… 무릎베개 정도는 해줄까. 영양 가득한 밥도 만들어주고 싶어. 케이타, 기뻐하려나…… 숟가락으로 앙~ 해주기도 하고. 에헤헤.』

유키나 선배의 호감 표현의 정도가 점점 더 커졌다.

……살짝 소리쳐도 되나?

유키나 선배 완전 귀엽잖아아아아아아아!

네~네, 상냥하게 돌봄 받고 싶어요! 간호사복을 입은 유키나 선배에게 '오늘만은 케이타 전속 간호사야!'라는 말을 듣고 싶어요! '주사를 잘 맞는 용감한 아이는 누굴까~?'라는 말을 들으면서 응석 부리고 싶어요!

하지만 무릎베개는 고민되는군. 잠들지 못할 가능성이 크니까.

왜냐고? 무릎 위에서 유키나 선배를 계속 바라보고 싶으니까! 서로 바라보고 쑥스럽게 웃으면서 '케이타, 왜 웃는 거야~?' '아니 너야말로' 이런 식으로 닭살 커플 놀이를 하고 싶잖아! 달달하게 꽁냥대고 싶잖아!

——라고 외치면 유키나 선배에게 들리니, 나는 그 자리에서 버둥버둥 몸부림칠 수밖에 없었다.

　　『케이타, 계속 감기에 걸려있으면 좋을 텐데…… 아니, 그건 아닌가~.』

　　유키나 선배가 혼자서 바보 같은 소리를 하고 지적하는 걸 듣고 나도 모르게 히죽거렸다.

　　이래서 유키나 선배는 미워할 수 없다.

　　"유키나 선배. 그 개그는 별로 재미없어요."

　　벽 너머에 있는 유키나 선배에게 지적했다.

　　물론 그녀에게 들리면 곤란하니 작은 소리로.

【유키나 선배는 신곡을 듣고 싶어】

듣기 좋은 기타 리프. 공격적인 베이스. 흩어지는 심벌즈 소리. 그리고 마음에 스미는 가성.

"드래몬의 신곡, 최고야……!"

나는 방에서 이어폰을 통해 흘러나오는 곡을 들으며 감탄했다.

트래몬—— 정식 명칭은 '트래쉬 몬스터'. 지금 인기 급상승 중인 록밴드다.

오늘은 트래몬의 신곡 발매일. 나는 학교에서 돌아오는 길에 CD샵에 들러서 사려고 한 물건을 샀다.

"멋지단 말이지, 트래몬……."

반복 재생해서 열중하여 듣고 있으니 문이 열리는 소리가 났다. 분명 유키나 선배일 것이다.

"들어오세요~."

한쪽 귀의 이어폰만 빼고 대답하자 유키나 선배가 들어왔다.

"실례할게…… 어머. 음악 감상이라니, 드문 일이네. 뭐 듣고 있어?"

"트래몬의 신곡이에요."

"트, 트래몬?!"

후다다닥!

유키나 선배는 고속으로 기어서 나에게 빠르게 접근해 왔다. 이게 무슨 기세야.

"케이타! 그거 오늘 발매한 싱글이야?!"

"마, 맞는데요…… 유키나 선배도 트래몬 좋아하나요?"

"완전 팬이야. 집에 있을 때는 엄마랑 자주 라이브에 갔어."

그랬구나. 공통된 취미를 찾아서 왠지 기뻤다.

"저도 좋아해요. 유키나 선배는 아직 신곡 안 샀어요?"

"……이번 달 생활비가 간당간당해. 다음 달 생활비를 기다리지 않으면 살 수 없어."

유키나 선배는 원망스러운 듯이 날 노려봤다. 아니, 그런 눈으로 쳐다봐도 난처한데요.

"……저기, 케이타. 할 얘기가 있는데."

유키나 선배는 말을 꺼내기 거북한 눈치로 이야기를 이어나갔다.

"나한테도 트래몬의 신곡을 들려주지 않을래?"

"네?"

설마 유키나 선배가 나에게 부탁을 할 줄이야…… 트래몬이 어지간히도 좋은가 보다.

물론 나는 유키나 선배의 부탁을 흔쾌히…… 아니, 잠깐만?

난 지금 인생을 살면서 처음으로 유키나 선배의 우위를 점했다. 이 기회를 그냥 날릴 수는 없지.

"케이타. 괜찮지?"

"으음~ 어떡할까나?"

"아닛…… 애완견 주제에 주인을 물 생각이야? 그런 똥개로 기른 기억은 없는데."

"그렇게 건방지게 입을 놀려도 괜찮나요? 신곡, 듣고 싶죠?"

"으그극……!"

유키나 선배는 공격을 그만두고 오도카니 무릎을 꿇고 앉았다. 귀여워.

"케이타의 속셈을 알았어. 신곡을 듣고 싶으면 알몸으로 무릎 꿇고 엎드려 절하면서 빌라는 거지?"

"발상이 상상을 초월하네!"

"다만, 알몸이 되어도 니삭스는 입힌 채로…… 그렇지? 이 변태!"

"그런 매니악한 취향은 없는데?!"

"흥. 너한테 치욕을 당할 바에는 죽음을 택하겠어."

유키나 선배는 '큭, 죽여라!'라고 외쳤다. 어느 이세계의 여기사냐고.

"뭘 그렇게 혼자 위기에 빠진 거예요. 그런 야한 요구는 안 해요."

"그럼 대가가 뭐야?"

"절 데이트에 초대해주세요."

"데, 데이트?"

"네. 트래몬의 라이브든 식사든 뭐든 좋아요. 저랑 같이 놀아주세요. 단⋯⋯ 독설은 금지예요."

유키나 선배에게서 독설을 빼앗으면 속마음이 남는다. 다시 말해서, 유키나 선배는 해롱해롱한 상태로 데이트에 초대하게 되는 것이다.

크크크⋯⋯ 내가 생각했지만 무서운 작전을 생각해냈어.

자, 유키나 선배! 부끄러워하면서 데이트를 신청하세요! 후하하하하!

"뭐⋯⋯라고?"

사태의 중대함을 깨달은 듯했다. 유키나 선배의 눈썹이 씰룩씰룩 경련했다.

"할 수 있죠? 유키나 선배. 후배를 식사에 초대하기만 하면 된다고요?"

"그건 그렇지만⋯⋯."

"말 못 하나요?"

"하, 할 수 있어!"

"그럼 빨리 말해보세요."

"케, 케이다. 나랑, 시, 식, 시시시시⋯⋯ 으으아앗!"

유키나 선배는 피눈물을 흘리면서 입술을 깨물었다. 아니, 대체 얼마나 속마음을 말하기 싫어하는 거야!

"으으윽⋯⋯ 케이타 주제에 나한테 명령하지 마! 건방져!"

유키나 선배는 내가 방금 뺀 이어폰 한쪽을 빼앗아서 귀에 꽂았다.

"앗! 유키나 선배 치사해!"

"조용히 해. 하인의 것은 내 것이야."

그건 골목대장이 대는 핑계잖아요, 싫다~…….

"흥흥흥~."

유키나 선배는 옆에서 기분 좋게 음악을 들었다.

큭! 이렇게 행복한 표정을 지으면 화를 내려야 낼 수가 없어!

그래도…… 유키나 선배의 천진난만한 표정은 처음 봤다. 역시 귀여워…… 아니, 잠깐만?

어깨를 맞대고 이어폰을 나눠 쓰고 있는 이 상황은…….

"우리, 연인 같잖아…… 앗."

큰일났다아아아! 얼떨결에 마음의 소리가 입 밖으로 나와버렸다아아아!

유키나 선배는 이어폰을 빼고 싸늘하게 식은 눈으로 째려봤다.

"최악이야. 또 나를 여자친구로 설정하고 망상한 거야?"

"아, 아니……."

"머릿속이 야한 생각으로 가득하구나. 변 · 태."

오싹오싹.

유키나 선배는 내 귀에 뜨뜻미지근한 숨을 불어넣었다.

"유키나 선배…… 뭐 하는, 거예요……!"

"벌을 줘야겠구나. 오늘은 그 새빨개진 귀에 벌을 줄게."

"귀에 벌이라니…… 으억!"

유키나 선배는 일어서서 나를 밀쳤다.

쓰러진 내 위에 올라타듯이 서서…….

꾸물꾸물.

꾸욱꾸욱.

유키나 선배는 발바닥으로 내 귀를 밟았다.

"앗, 유, 유키나 선배……."

"탐난다는 얼굴로 이쪽 보지 마. 더 괴롭히고 싶어지거든."

"아니 그런 얼굴 안 했는데요?!"

"그런 것 치고는 얼굴이 빨간 것 같은데?"

얼굴이 뜨거운 건 자각이 있지만, 귀를 밟혀 흥분해서 그런 게 아니다. 아래에서 유키나 선배를 올려다보는 이 위치에 문제가 있는 것이다.

여기서는 말이다…… 유키나 선배의 팬티가 보인단 말이다아아!

"유, 유키나 선배! 지금 당장 거기서 비켜주세요!"

"사과하는 법을 모르는 거야? 가르쳐줄게. '유키나 선배로 야한 망상을 한 돼지입니다. 좀 더 밟아주세요'라고 말하는 거야."

진성S 스위치가 켜진 유키나 선배는 처벌을 그만두지 않

았다. 큭, 색깔은 흰색인가……!

"유키나 선배, 비켜주세요! 그…… 보, 보인다고요!"

"뭐?"

유키나 선배는 한순간 굳었지만, 내 의도를 깨닫자 황급히 치마를 눌렀다.

"……봤어?"

"아, 네……."

긍정하고 말았다. 이젠 처벌로는 끝나지 않을 것이다. 잘해야 반죽음이겠지.

그렇게 생각했지만, 유키나 선배는 나지막이 한마디 했다.

"……나, 이제 돌아갈래."

"어?"

"돌아갈 거야!"

"아, 잠깐만요!"

유키나 선배는 쏜살같이 도망쳤다. 반죽음을 각오했는데, 도망은 예상 밖이었다.

설마…… 방에서 흉기를 가져오기 위한 일시적인 귀가는 아니겠지?

"아무리 쑥스러운 마음을 감춘다고 해도 그렇게까진 안 하겠지…… 아마. 분명. 어쩌면."

가슴을 졸이면서 나는 벽에 귀를 딱 붙였다.

『저질러버렸어…… 또 저질러버렸다고오오오오!』

옆방에서 유키나 선배의 해롱해롱 타임의 봉화가 올랐다.

『케이타가 팬티를 봤어…… 부끄러워어어! 좀 더 귀여운 걸 입었어야 했어어어어!』

그게 문제야?!

그보다, 귀여운 것도 가지고 있군요…… 꿀꺽.

『오늘은 케이타가 나쁜 거라고! 내 팬티를 보고…… 시선을 돌려도 되잖아. 케이타는 짓궂어. 그래도…… 둘이서 어깨를 맞대고 이어폰을 나눠 쓰는 건 진짜 연인 같았어. 겨울이 되면 목도리 하나를 둘이서 나눠 쓰기도 하고…… 막 이러는 거야.』

유키나 선배는 '나도 어지간히 망상을 좋아하는구나. 케이타랑 똑같아. 에헤헤'라며 웃었다.

……살짝 소리쳐도 되나?

유키나 선배 완전 귀엽잖아아아아아아아!

뭐가 어떻게 돼서 나랑 유키나 선배가 목도리를 같이 쓰게 된 거냐고! 뭐야 그거, 엄청 좋잖아! 교복 주머니 속으로 손을 잡는다는 옵션도 달자!

좋아, 분위기 좋다!

얘들아! 오늘 밤은 망상 축제이니라아아아!

——라고 외치면 유키나 선배에게 들리니, 나는 그 자리에서 버둥버둥 몸부림칠 수밖에 없었다.

『케이타랑 추억도 잔뜩 나누고 싶어.』

유키나 선배의 들뜬 목소리를 들으니 나도 모르게 미소가 지어졌다.

이래서 유키나 선배는 미워할 수 없다.

"추억을 잔뜩 만들어요…… 아니, 우선은 여자친구가 되어주세요."

벽 너머에 있는 유키나 선배에게 딴지를 걸었다.

물론 그녀에게 들리면 곤란하니 작은 소리로.

【유키나 선배는 후배를 질투한다】

공동주택 앞까지 가니, 그곳에는 교복 차림의 여자아이
가 있었다.

갈색 숏 보브컷. 작은 동물처럼 동글동글한 눈. 어린이
같은 얼굴에 어울리지 않을 만큼 훌륭하게 성장한 어른의
가슴.

틀림없다. 같은 고등학교에 다니는 후배 타이나카 쥬리다.

"아! 케이타 선배~! 늦어요~! 기다리다 지쳤슴다!"

쥬리가 과장되게 손을 흔들었다. 그녀의 움직임에 맞춰
터질 듯이 영근 가슴의 과실도 흔들렸다.

"무슨 일이야 쥬리. 나한테 무슨 볼일 있어?"

"중요한 볼일이 있슴다~. 선배! 저랑 같이 놀아요!"

"그게 어디가 중요하다는 거야."

"중요한 일임다. 학생의 본분은 노는 거니까요~."

나하하하~, 하고 쥬리는 쾌활하게 웃었다.

쥬리와는 중학교 때부터 알고 지냈다. 나는 당시에 격에
맞지도 않게 학생회의 부회장을 맡고 있었는데, 그때 쥬리
는 서기를 맡고 있었다.

"나 외에도 친구 있잖아. 걔들이랑 놀아."

"그렇지마안~, 친구랑 있어도 재미없단 말임다. 뭐랄
까, 답답하다고 해야 하나, 제 본모습으로 있을 수 없다고

해야 하나……."

아~ 무슨 말인지 알겠군.

쥬리는 자신에게도 다른 사람에게도 정직하고 솔직하다. 누구에게나 평등하게 대하고 겉과 속이 다르지 않다. 자신의 가치관과 감정을 따르며 행동한다.

그리고 솔직한 탓에 가끔 주위와의 마찰을 낳았다. 분위기를 파악하지 않고 자신이 옳다고 생각한 것을 말하기 때문이다.

결과적으로 쥬리 같은 이단아는 집단으로부터 소외당했다.

딱 잘라 말해서 쥬리는 반에서 붕 떠 있었다.

그래도 쥬리는 자신의 본성을 숨기는 노력을 해서 어떻게든 친구를 만들었다.

중학교 시절에 쥬리가 친구 몇 명과 하교하는 모습을 본 적이 있었다. 그때 쥬리는 무리하게 친구들 사이에 녹아들려고 노력했었지.

나는 쥬리의 그런 성가신 성격을 알고 있기에 쥬리의 있는 그대로의 모습을 포용해주고 있다. 계속 자신을 죽이고 지내는 건 불쌍하니 말이야…… 이렇게 잘 따를 줄은 몰랐지만.

"그렇구나. 그래서 열 받게 신경을 긁어도 거부하지 않는 나한테 온 건가."

"아~, 너무함다! 잘 따르는 후배한테 열받는다니!"

"아하하. 미안해. 최근 레이싱 게임을 샀어. 잠깐 하고 갈래?"

"진짜요?! 리듬 게임은 없슴까?"

"없는데……."

"어쩔 수 없네요. 그럼 레이싱 게임으로 참겠슴다."

쥬리는 어쩔 수 없다는 표정으로 "후배의 취향 정도는 파악해두지 않으면 안 된다고요~"라고 말했다. 뭐지 이 녀석. 태도랑 가슴이 건방진데.

"나하핫! 오랜만에 케이타 선배랑 놀 수 있어서 좋슴다! 좋~아, 오늘은 게임으로 밤을 새우겠어~!"

쥬리는 웃으면서 그렇게 말했다. 아니, 그래도 밤에는 돌아가야 한다?

"다녀왔습니다~."

집으로 돌아온 순간, 살기의 파동을 느꼈다.

쭈뼛거리며 방 안을 확인하니 유키나 선배가 딱 버티고 서있었다.

"거기 있는 썩을 년…… 아니, 여자는?"

유키나 선배가 차가운 목소리로 나에게 물었다.

큰일이다. 어째선지 엄청나게 화내고 있어, 이 사람.

"얘는 후배인 타이나카 쥬리에요. 한가하다고 해서 집에 놀러 왔어요."

"그래. 케이타는 한가한 여자애를 집에 데려오는구나.

그냥 죽지 그래."

"말투에 악의가 느껴지는데요⋯⋯."

"나한테 말대꾸하는 거야? 아무래도 상관없지만, 구린 내 나는 숨을 내뱉지 마."

유키나 선배는 평소보다 심한 독설로 나를 비난했다. 이런. 완전 저기압이다. 분명 내가 모르는 여자애를 데려와서 화가 났을 거야.

그렇다면 쥬리가 그냥 친구라는 사실을 이해하도록 만드는 수밖에 없다.

머릿속으로 작전을 짜고 있으니 쥬리가 떠들기 시작했다.

"오오~! 케이타 선배, 이 미인 분은 누구임까?! 소개해 주세요!"

"조용히 해, 바보야. 지금 한창 이것저것 생각 중이라고."

"아아~! 바보라고 했어! 왜 그런 심한 말을 하는 검까!"

홱.

쥬리가 내 왼팔에 매달려왔다.

그 순간, 분노에 몸을 떠는 유키나 선배의 이마에 혈관이 튀어나왔다. 귀신이다, 귀신이 있어!

"그만해! 이거 놔, 바보야! 달라붙지 마!"

"또 바보라고 했어! 최악이야~! 발언 취소할 때까지 안 놓을 검다! 에잇!"

쥬리는 더 달라붙었다.

말캉.

왼팔이 부드러운 감촉에 감싸였다.

무슨 일인가 싶어서 확인했다.

내 왼팔에는 쥬리의 가슴이 딱 붙어있었다. 그것도 형태가 변할 정도로 강하게.

"꺄아아아아아! 쥬, 쥬리! 닿고 있다니깐! 이거 봐!"

"싫습다! 케이타 선배가 절 '귀여운 후배'라고 말해줄 때까지 안 놓을 겁다!"

너 인마아아아아! 진짜 분위기 파악 좀 해라아아아아아!

유키나 선배 앞에서 꽁냥대지 마. 선배의 얼굴을 좀 보라고. 금각역사상인줄 알았다고.

"케이타. 하인 주제에 나한테 싸움 거는 거야?"

"아, 아니에요, 유키나 선배! 쥬리는 그냥 후배고, 오늘은 게임하면 돌려보낼 테니까요! 야, 쥬리. 게임하고 나면 집에 갈 거지?"

"케이타 선배, 얘기가 다르잖아요! 오늘은 새벽까지 저하고 같이 놀아주는 거 아님까?!"

야 그건 해선 안 될 말이라고오오오오오!

쥬리 이 바보야! 지금 발언은 내 방에서 하룻밤 잔다고 말한 것이나 마찬가지잖아!

살기를 느끼고 뒤돌아봤더니 유키나 선배와 눈이 맞았다.

"케이타. 그 애를 방에서 재운다는 말이야?"

유키나 선배가 바둑돌처럼 시커먼 눈으로 나를 째려봤다.

분위기 파악 못하는 쥬리도 살기의 파동을 느꼈는지, 나한테서 떨어져 바들바들 떨기 시작했다.

"그래. 좋아. 쥬리랑 밤새도록 꽁냥대면 되겠네."

"유키나 선배! 그건 오해……."

"내 하인이긴 하지만, 성욕까지 관리할 생각은 없어…… 둘이서 사이좋게 잘 놀아!"

파아앙!

유키나 선배는 무에타이 선수를 방불케 하는 날카로운 발차기를 내 엉덩이에 날렸다. 부엌칼로 엉덩이를 찔린 게 아닌가 착각할 정도로 아팠다.

"그럼 안녕. 난 돌아갈 테니까…… 쥬리. 또 보자?"

유키나 선배는 쥬리를 쏘아 죽일 듯이 째려본 뒤에 성큼성큼 걸어서 방에서 나갔다.

"저, 저기~…… 케이타 선배. 왠지 미안하네요."

쥬리는 사과하면서 내 엉덩이를 어루만지듯이 문질렀다. 그런 상냥함은 필요 없고, 남의 엉덩이를 살살 쓰다듬지 마.

"……미안, 쥬리. 오늘은 이만 집에 가줘. 같이 못 놀아준 건 반드시 갚을 테니까."

"나하하~, 어쩔 수 없네요. 역 앞에 새로 생긴 카페로 타협해요."

"알았어. 다음에 사줄게."

"아자!"

쥬리는 작게 승리의 포즈를 취했다.

"그럼 몸조리 잘하세요~!"

쥬리는 손을 흔들면서 방에서 나갔다.

자. 슬슬 그 시간이다.

나는 방구석으로 이동해서 벽에 귀를 딱 붙였다.

『저질러버렸어…… 또 저질러버렸다고오오오오!』

옆방에서 유키나 선배가 자신을 저주하는 목소리가 들려왔다.

『질투하는 모습을 다 보여주고 화풀이해 버렸어…… 아아, 정말! 난 정신연령이 너무 어려! 그 안에서 제일 연상이었는데 제일 어린애 같잖아! 어린이 여고생이잖아!』

어린이 여고생이 뭔가요. 유아 퇴행한 유키나 선배를 말하는 건가? 귀여우니까 제가 보호자가 돼도 괜찮나요?

『강력한 라이벌도 나타났고…… 쥬리, 솔직해 보이고 귀여운 아이였어. 그냥 후배라고는 했지만…… 케이타는 저런 솔직한 아이를 좋아하는 걸까? 그렇겠지. 나 같은 심술쟁이를 좋아할 리가 없겠지…… 아니, 약해지면 안 돼! 케이타랑 나는 같이 게임하고 꽁냥댄 사이니까! 흐흥~이다. 내가 한 걸음 더 앞서 있는걸..』

유키나 선배는 '케이타는 내 부탁을 뭐든 들어주니까'라며 의기양양하게 말했다.

……살짝 소리쳐도 되나?

유키나 선배 완전 귀엽잖아아아아아아아!

우선 질투하는 것부터 귀여워! 심쿵해! 만점 줄 거야! 참 잘했어요!

그리고 쥬리에게 대항 의식을 불태우면서 '내가 더 케이타랑 사이 좋으니까!'라면서 어필하는 자세도 귀여워! 둘 다 그만둬! 나를 두고 쟁탈전을 벌이지 마~!

안심하세요, 유키나 선배! 당신이 쥬리에게 지고 있는 부분은 솔직함과 가슴 정도밖에 없어요! 다른 부분은 당신의 압승이니까요! 유ㆍ아ㆍ챔피언!

──라고 외치면 유키나 선배에게 들리니, 나는 그 자리에서 버둥버둥 몸부림칠 수밖에 없었다.

『쥬리에게 지지 않도록 나도 귀여워져야 해!』

유키나 선배의 퓨어한 결의에 나도 모르게 코피가 나왔다.

이래서 유키나 선배는 미워할 수 없다.

"유키나 선배. 당신이 이 이상 귀여워지면, 전 죽을지도 몰라요."

벽 너머에 있는 유키나 선배에게 닭살 돋는 말을 해봤다.

물론 그녀에게 들리면 곤란하니 작은 소리로.

【유키나 선배는 영화 데이트를 하고 싶어】

집으로 돌아오니, 방에는 유키나 선배가 있었다. 교복 위로 앞치마를 두르고 있었다. 또 청소하러 와준 것이다.

……좋아. '그것'에 초대할 기회다.

나는 내심 심장이 쿵쾅댔지만, 평정을 가장하고 인사했다.

"유키나 선배. 항상 청소해줘서 고마워요."

"아냐. 그냥 보답하는 거야."

"그, 그런가요. 아하하……."

"왜 그래, 케이타. 오늘은 거동이 수상하네. 경찰한테 쫓기고 있는 거야?"

"그럴 리가 없잖아요…… 아니, 신고하지 마세요!"

스마트폰을 꺼낸 유키나 선배를 황급히 제지했다. 위험해. 억울하게 잡혀갈 뻔했어.

"그럼 왜 침착하지 않은 걸까."

"그, 그건……."

"……수상하네. 얼른 토해내고 편해지렴."

유키나 선배는 나에게 얼굴을 가까이 대며 추궁했다.

내가 긴장하고 있는 데에는 이유가 있다.

내 오른손에는 영화 티켓 두 장이 쥐어져 있다. 항간에 눈물 나게 슬프다고 좋은 평을 받는 연애 영화인데, 이 티켓은 우연히 지인에게 받은 것이다.

모처럼 두 장이 있으니 유키나 선배를 부를 생각인데……
그건 완전 데이트하자고 권하는 거잖아? 그렇게 생각하니
좀처럼 용기가 안 났다.

게다가 이 티켓은 커플 할인 티켓이다. 권유하기 어렵기
그지없다.

그렇다고 해서 고민해도 별다른 수가 없었다. 나는 마음
을 굳히고 유키나 선배에게 티켓을 보여줬다.

"저기, 유키나 선배! 괜찮으면, 저랑 같이 영화 보러 안
갈래요?"

말했다. 말하고야 말았다. 자연스럽게 데이트를 신청하
는 건 살면서 처음이다.

유키나 선배는 티켓을 보고 얼굴을 찡그렸다.

"케이타. 이거, 커플이 아니면 안 되는 거지?"

"아, 네. 가능하면 커플인 척을 해주셨으면……."

"흐음. 나랑 연인이 된 기분을 맛보고 싶은 거야?"

'예'라고도 '아니오'라고도 말할 수 없었다. 나는 조용히
고개를 숙였다.

"그렇네…… '좋아합니다. 유키나 선배의 남자친구로 삼아
주세요'라고 말하면, 특별히 같이 영화를 봐줄 수도 있어."

"네?!"

고개를 홱 드니 유키나 선배는 심술궂은 미소를 짓고 있
었다.

이건…… 천재일우의 기회다!

같이 영화를 볼 수 있을 뿐만 아니라 상대에게 호감을 전할 수 있어!

유키나 선배. 제가 겁쟁이니까 말할 수 없는 줄 알죠?

안타깝게 됐네요. 전 할 때는 하는 남자입니다. 이 사랑의 빅 찬스를 놓칠 순 없죠!

난 천천히 입을 열었다.

"조, 조조조조……."

"……조?"

"조…… 조…… 조청을 만들 때는 시간이 오래 걸린대요."

좋아한다고 말할 수 없어어어어어!

그래, 맞아! 난 겁쟁이야! 얼굴을 마주 보고 고백할 수 있을 정도라면 영화 보러 가자고 권유하는 정도로 긴장 안 하겠지, 젠장!

"한심한 남자야. 농담으로도 여자애한테 작업도 못 걸다니. 엄청난 겁쟁이 숙맥이야."

퍽퍽.

유키나 선배는 내 정강이를 차면서 매도했다. 뭐라 할 말이 없습니다.

"너희 어머님에게라도 영화 보러 가자고 권유해봐. 마더콘에게 잘 어울리네."

"마더콘 아니거든!"

유키나 선배에게 항의했을 때, 인터폰이 울렸다.

이쪽의 반응을 기다리지 않고 문이 열렸다.

"안녕하세요! 케이타 선배, 이번에야말로 놀러 왔습다~!"

"뭐야, 쥬리냐…… 아니, 멋대로 들어오지 말라고. 인터 폰이 있는 의미가 없잖아."

"나하핫. 괜찮잖아요~. 선배랑 저 사이잖습까."

"……왔구나. 가슴 괴물."

유키나 선배는 헤실헤실 웃는 쥬리를 노려봤다.

"너, 케이타의 후배라면서?"

"넵. 쥬리라고 함다."

"쥬리. 케이타는 내 하인이야. 내 눈에 띄지 않는 곳에서 멋대로 놀지 않도록 해. 알겠지?"

유키나 선배는 견제했지만 태평한 쥬리에게는 통하지 않았다.

"그렇구나~. 그럼 유키나 선배도 같이 있으면 놀아도 됨까?"

"어? 나, 나도?"

"유키나 선배도 게임해요! 레이싱 게임이 있대요!"

"……난, 그거 싫어."

"진짭니까! 그럼 야구 게임 해요! 선배, 부탁드립다!"

"부탁드립다, 가 아니라고. 그리고 난 야구 게임 없어."

"엥~. 왜 없는 건가요. 분위기 파악 좀 하세요~."

입술을 삐죽이 내밀고 야유하는 쥬리. 아니, 분위기 파악 못 하는 건 넌데?

"그럼 무슨 게임이 있나요…… 응?"

쥬리는 내가 가진 영화 티켓을 보고 눈을 반짝였다.

"오오~! 이건 커플 할인 영화 티켓! 둘이서 보러 가는 건가요?"

분위기 파악 좀 해애애애애애!

너 대체 뭐야. 천진난만하게 웃으면서 상처에 소금을 뿌리는 짓은 안 하면 안 될까?

"저기저기! 어떻게 된 거예요, 유키나 선배!"

"아냐. 안 가."

"그렇군요. 그럼 제가 케이타 선배랑 갈게요!"

"뭐?" "어?"

나와 유키나 선배가 놀라는 소리가 싱크로 되었다.

"자, 잠깐만 쥬리. 제정신이야? 이거 커플 할인인데?"

"커플인 척을 하면 되는 거죠? 영화관 안에서 손을 잡으면 오케이인가요? 이런 식으로."

쥬리는 내 손을 잡았다. 그것도 깍지를 껴서.

"냐하하하. 케이타 선배는 간은 콩알만 한데 손은 크네요. 웃긴다."

"너 적당히 안 하면 때려눕힌다…… 응?"

문득 시선을 느꼈다. 유키나 선배가 날 째려보고 있었다.

"……꽤나 즐거워 보이네."

"네? 아, 아니 딱히…….”

"이건 몰수할게."

휙.

유키나 선배가 영화 티켓을 빼앗았다.

"앗…… 왜, 왜 유키나 선배가!"

"그냥. 좋아하는 사람을 불러서 보러 갈까 싶어서.”

"네?"

담백하게 문제 발언이 튀어나왔다.

유키나 선배한테 좋아하는 사람이 있어……?

이럴 수가…… 그럼 딱히 나를 좋아하던 게 아니었나.

"난 돌아갈게. 그럼 안녕.”

유키나 선배는 나와 쥬리를 남겨두고 방에서 나갔다.

"유키나 선배애애애애…… 왜 저랑 보러 가주지 않는 건 가요오오오…….”

낙담해 있으니 쥬리가 내 어깨에 손을 툭 올렸다.

"실연해버렸네요! 뭐, 기운 내세요!"

"가볍게도 말하네, 젠장! 애초에 이렇게 된 건 너 때문이라고!"

"네에?! 어째섬까! 케이타 선배가 겁쟁이라서 그렇게 된 거 아님까!"

"어어? 그렇긴 하지만, 그게 무슨 문제 있어?"

"설마 적반하장으로 화내는 검까?! 선배 꼴사납습다!"

꼬, 꼴사납다는 말을 들었어…… 으아아아아앙! 난 정론으로 두들겨 패는 사람이 싫어!

"쥬리! 너 그만 돌아가! 게임은 다음에 할 거야!"

"에엥~! 기대하고 있었는데~!"

"됐으니까!"

"아, 잠깐, 선——."

찰카닥.

난 억지로 쥬리를 쫓아내고 문을 잠갔다.

으읏. 유키나 션배애…… 다른 남자랑 영화 보러 가지 마세요오…….

난 반쯤 울상이 되어서 벽에 귀를 딱 붙였다.

『저질러버렸어…… 또 저질러버렸다고오오오오!』

옆방에서 유키나 선배의 프리티 보이스가 들려왔다.

『또 질투해버렸어! 쥬리랑 케이타, 너무 꽁냥댄다고! 으읏, 눈앞에서 손잡지 말라고…… 케이타 이 바보.』

……어?

그 말은 즉, 유키나 선배는 나를……?

그럼 좋아하는 사람이랑 같이 간다는 건 거짓말이었어?

『애초에 케이타가 나쁘단 말이야. 거짓말이라도 나한테 「여자친구가 되어주세요」라고 말해주지 않으니까. 그렇게 말해줬으면, 커플이 됐을 텐데…… 에헤헤. 일일 한정이라도 좋을 거야. 다음엔 내가 케이타한테 같이 보러 가자고 해볼까…… 이 티켓으로.』

유키나 선배는 '그래도 「남자친구가 되어 달라」는 말은 안 해줄 거야!'라며 덧붙였다.

……살짝 소리쳐도 되나?

유키나 선배 완전 귀엽잖아아아아아아아!

케이타가 나쁘단 말이야, 라고 했어! 너무 귀엽잖아! 녹음해서 매일 아침 알람 음성으로 설정하고 싶어! 너무 행복해서 절대로 못 일어나겠지만 말이야!

그리고 '여자친구가 되어주세요'라고 말하지 못해서 미안해! 하지만 어쩔 수 없어! 그야 우리는 부끄럼쟁이잖아! 벽 너머로만 꽁냥댈 수 있는 어색한 콤비잖아! 천천히 거리를 좁혀나가자! 응?

하지만…… '남자친구가 되어 달라'는 말은 해줘어어어!

볼을 붉히고 꼼지락대면서 말해줘어어어!

──라고 외치면 유키나 선배에게 들리니, 나는 그 자리에서 버둥버둥 몸부림칠 수밖에 없었다.

'쥬리에게 지지 않도록 어필해야 해! 내일도 힘내자~!'

유키나 선배의 갸륵함에 나도 모르게 가슴이 찡해졌다.

이래서 유키나 선배는 미워할 수 없다.

"유키나 선배. 압도적인 차이로 쥬리의 패배니까 안심하세요."

벽 너머에 있는 유키나 선배를 격려했다.

물론 그녀에게 들리면 곤란하니 작은 소리로.

【유키나 선배는 잠꼬대가 냥타지】

　집에 돌아오니 교복을 입은 유키나 선배가 내 침대 위에서 자고 있었다. 새근새근 평온한 숨소리를 내고 있었다. 평소에는 차가운 표정도 잘 때는 순진무구하고 부드러웠다.

　유키나 선배의 가슴이 잔잔하게 오르내리는 걸 보니 나도 모르게 가슴이 두근거렸다.

　"그나저나 이 상황은 별로 좋지 않은데……."

　한창 사춘기인 남자의 방에서 무방비하게 자는 교복 차림의 여고생…… 완전 아웃이잖아.

　유키나 선배, 좀 더 위기감을 가지세요. 제가 쓰레기였으면 자는 유키나 선배에게 이런 짓이나 저런 짓을 했을지도 모른다고요?

　"뭐, 무방비한 건 나를 믿고 있다는 증거라고 생각하지만……."

　그건 그거대로 기쁠지도…… 이런. 무의식중에 히죽거렸다.

　"음~……."

　유키나 선배는 목소리를 작게 흘렸다. 이런, 깨워버렸나?

　"케이타~…… 거긴 만지면 안 된다니깐…… 흠냐흠냐."

　유키나 선배는 행복해 보이는 얼굴로 그렇게 말하고는 다시 새근새근 소리를 냈다.

지금 잠꼬대로 거긴 만지면 안 된다고 하지 않았어……?
설마 야한 꿈인가?! 꿈속에서 나랑 유키나 선배는 연인 사이인 건가?!

"유키나 선배는 지금 꿈속에서 나랑 알콩달콩 지내고 있어……?"

뭐야 그거, 치사해! 나도 그 꿈을 꾸고 싶은데!

분해서 그 자리에서 발을 그루자, 유키나 선배가 뒹굴뒹굴 뒤척였다.

"응~ 앗, 앗, 케이타, 안 돼…… 만지면, 싫어어엇……!"

유키나 선배의 야한 목소리에 나도 모르게 등이 쭉 펴졌다.

꿈속의 나아아아! 유키나 선배의 어디를 만지고 있는 거냐! 감촉 같은 것 좀 자세히 가르쳐줘!

"음냐음냐…… 만지면 안 돼, 케이타…… 그 봉마석주를 만지면 마력이 폭주해서 세상은 고양이의 지배를 받게 돼…… 흠냐흠냐."

궁금해~! 어떤 꿈을 꾸고 있는지 엄청 궁금해~!

봉마석주는 뭐냐고. 완전 판타지잖아. 아니, 고양이가 나오니까 냥타지인가…… 아니 그런 건 아무래도 좋아!

"흐뮤……."

유키나 선배가 발을 꾸물꾸물 움직이자 치마가 살짝 젖혀 올라갔다. 시선이 자연스럽게 하얗고 눈부신 허벅지에

빨려 들어갔다.

그대로 시선을 올리면 보일 듯 보이지 않는 매혹의 삼각존이…… 아니, 나 너무 빤히 쳐다보고 있잖아! 무방비한 여자를 상대로 뭐 하는 거야!

"보면 안 돼…… 보면 안 돼 보면 안 돼 보면 안 돼……!"

그렇게 자신을 타이르고, 다시 유키나 선배의 잠자는 얼굴로 시선을 돌렸다.

후훗. 평소에는 쿨한 표정을 짓고 있지만, 자는 얼굴은 의외로 아이 같아서 귀여워…… 어라? 유키나 선배의 얼굴에 뭔가 붙어있다.

"유키나 선배~. 볼에 실밥이 붙어있어요~."

한 손으로 침대를 짚고, 다른 한 손을 유키나 선배의 볼에 뻗었다.

그때였다.

"음~……!"

유키나 선배의 눈이 번쩍 뜨였다.

눈과 눈이 마주쳤다. 유키나 선배는 불안한 듯 어깨를 바르르 떨었다.

여자의 얼굴에 손을 뻗으면서 덮치는 듯한 이 자세는 위험해!

"유키나 선배! 아니에요, 이건……."

"꺄아아아아악!"

"지, 진정해요! 전 그저 유키나 선배의 얼굴에 붙어있는 실밥을——"

"이쪽으로 오지 마, 이 짐승!"

유키나 선배는 일심불란 다리를 들어 올렸다.

물컹.

유키나 선배의 발이 내 고간에 깊숙이 잠겼다.

"끄으으으응…… 왜, 왜 이렇게 되는 거야아아아……!"

알들이 욱신거려서 아파아아…… 고간으로 제야의 종을 친 듯한 충격이야아아아…….

"최악이야! 사람을 잘못 봤어! 정말 싫어!"

"끄억!"

유키나 선배는 나를 밀치고 방을 뛰쳐나갔다.

"어, 잠깐만…… 난 아무것도 잘못한 게 없잖아?"

유키나 선배가 잠이 덜 깨서 저런 행동을 했을 뿐. 고간을 차일 이유도 없거니와 미움받을 이유도 없다.

"하아. 유키나 선배가 냉정해질 때까지 기다릴 수밖에 없나."

진정되면 분명 오해도 풀릴 것이다.

나는 아직도 징징 울리는 고간의 아픔을 참고 벽에 귀를 딱 붙였다.

『저질러버렸어…… 또 저질러버렸다고오오오오!』

옆방에서 유키나 선배의 귀여운 목소리가 들려왔다.

『케이타의 거길 차버렸어어어어! 감촉은 몰캉한 데다가 뜨뜻미지근하고, 솔직히 차는 감각이 최악이었어! 엄청 기분 나빴어어어어!』

어라아아아아아?! 저 사람 내 구슬을 찬 감상만 말하고 있잖아?!

그게 아니잖아요, 유키나 선배. 아까 전 일은 오해였다는 걸 빨리 깨달아요!

『아. 거울을 보니 얼굴에 실밥이…… 기억났다! 내가 케이타의 침대에서 잠들어 버렸구나! 그리고 케이타가 돌아와서…… 어쩌면 케이타는 내 얼굴에 붙은 실밥을 떼주려고 했을지도…… 케이타, 정말 미안해!』

드디어 알아주셨나요.

괜찮아요, 유키나 선배. 오해만 풀리면 되니까요…… 아, 그래도 하나만 부탁해도 될까요? 두 번 다시 제 고간을 차는 일이 없으면 좋겠어요.

『하지만 내가 잠든 얼굴을 본 건 치사해. 침 흘리지 않았을까…… 그보다 잠꼬대가 제일 신경 쓰여…… 괜찮았으려나?! 케이타를 좋아한다거나 하진 않았겠지?! 앙~, 말했으면 어떡하지이이이이……!』

풀썩!

뭔가 부드러운 물건을 때리는 듯한 소리가 났다. 부끄러워진 유키나 선배가 베개에 힘차게 얼굴을 묻은 것일지도 모른다.

……살짝 소리쳐도 되나?

유키나 선배 완전 귀엽잖아아아아아아!

잠든 얼굴을 본 건 치사하다고? 유키나 선배가 귀여운게 치사하지! 뭐야 그 잠든 얼굴은! 평생 보고 있어도 안 질린다고~!

그리고 무슨 잠꼬대 걱정을 하는 거야? 한 번도 좋아한다는 말은 안 했어! 오히려 말해달라고! 영문을 알 수 없는 냥타지 꿈은 아무래도 좋으니까! 뭐가 고양이가 지배하는 세상이야! 조금 치유되잖아!

──라고 외치면 유키나 선배에게 들리니, 나는 그 자리에서 버둥버둥 몸부림칠 수밖에 없었다.

'만약 그대로 케이타가 날 덮쳤으면, 난…… 아니, 지금 건 아니야! 야한 망상은 좋지 않아!'

유키나 선배의 예상 밖의 소녀다운 망상에 나도 모르게 졸도할 뻔했다.

이래서 유키나 선배는 미워할 수 없다.

"유키나 선배. 안타깝지만, 저에겐 그럴 배짱은 없어요."

벽 너머에 있는 유키나 선배에게 '겁쟁이라서 미안해'라며 한마디.

물론 그녀에게 들리면 곤란하니 작은 소리로.

【유키나 선배는 사과하고 싶어(영화 데이트 편1)】

집으로 돌아오니 유키나 선배가 있었다.

언제나처럼 교복 차림인데…… 조금 상태가 이상했다.

유키나 선배는 실내를 빙빙 돌아다니고 있었다. 가끔 멈췄나 싶으면 다시 걷기 시작했다. 그 행동을 반복했다. 뭔가 차분하지 않았다.

"안녕하세요, 유키나 선배."

"아…… 실례하고 있어."

유키나 선배는 거북한 듯이 시선을 돌렸다. 항상 날리는 독설은 어디로 갔는지, 꿔다 놓은 보릿자루처럼 얌전한 상태였다.

설마 싶은데…….

"유키나 선배. 혹시 전에 잠이 덜 깨서 절 찬 걸 신경 쓰고 있나요?"

정곡을 찔렀나 보다. 유키나 선배는 고개를 푹 숙이고 말았다.

"신경 쓰지 마세요. 그건 오해받아도 어쩔 수 없어요."

"그럴 순 없어!"

유키나 선배는 고개를 확 들었다.

"그렇게 고집 안 부려도 괜찮은데……."

"착각하지 마. 하인에게 빚을 지는 게 싫을 뿐이야."

"그, 그런가요……."

"그래서, 그…… 이걸로 빚을 없애주면 좋겠는데."

유키나 선배는 고개를 휙 돌리고 손을 슥 내밀었다.

그 손에는 언젠가 몰수당한 영화 티켓 두 장이 쥐어져 있었다.

"아, 커플 할인 티켓. 설마, 그 말은……."

"다음 주말, 케이타랑 같이 영화를 보러 가줄게. 이런 일은 좀처럼 없으니까. 감사하라고."

유키나 선배는 뚱한 얼굴로 그렇게 말했다.

돼…… 됐다아아아아!

꿈에도 그리던 유키나 선배와의 영화 데이트다아아아!

후우우우우!

"부디! 가게 해주세요!"

휙!

난 유키나 선배의 양손을 잡았다.

"야, 야. 똥개 주제에 우쭐거리지 마. 떨어져."

"저 일요일 비워둘게요! 영화관은 역 앞에 있는 영화관으로 괜찮죠?!"

"가, 가깝다니깐. 안 떨어지면 찬다?"

"시간은 몇 시로 할까요! 같이 점심 먹는 건 어때요?! 역 빌딩 안에 새로 생긴 양식집은 어떨까요! 유키나 선배가 좋아하는 음식은 뭐예요?! 햄버그스테이크? 파스타? 아,

혹시 일식을 좋아하나요?!"

"왜, 왜 그렇게 성큼성큼 오는 거야…… 꺅!"

"으엇!"

뒷걸음질 치던 유키나 선배는 발이 걸려 침대에 뒤로 넘어졌다.

나도 유키나 선배를 덮치듯이 쓰러졌지만 아슬아슬하게 손을 짚어 몸이 접촉하는 것을 피했다.

하지만 우리의 거리는 한없이 제로에 가까웠다.

유키나 선배의 생생한 숨소리가 들렸다. 작은 입술은 희미하게 떨리고 있었다.

뭔가 좋은 향이 나는데요…… 그보다 엄청 가까이에서 보니까 대단하네. 얼굴 부위 하나하나가 정교한 아름다움을 지니고 있어.

뭐지 이 사람. 나랑 똑같은 인간인가? 공통점은 이족보행 한다는 점 정도밖에 없지 않아? 아, 근데 유키나 선배는 사람이 아니라 천사였지. 그러면 납득.

"……언제까지 이러고 있을 생각이야?"

유키나 선배의 차가운 목소리에 정신을 차렸다.

"죄, 죄송합니다! 지금 비킬게요…… 우왓!"

미끌

몸을 지탱하고 있던 손이 미끄러져 나는 유키나 선배의 몸에 다이브했다.

"끄흑!"

유키나 선배는 신음을 흘렸다.

한편, 나는 유키나 선배와 몸을 밀착하고 있다는 사실에 행복을 음미하고…… 있을 여유 따위 없었다.

"이…… 무거워! 썩을 쓰레기 돼지야아아아아아!"

큰일이다! 유키나 선배가 화났다.

선배는 나를 밀치면서 오른손을 잡았다. 바로 양다리로 팔을 조이는 자세에 들어갔다.

이, 이건…… 오래전에 예고한 팔가로누워꺾기!

"흥분해서 주인을 난처하게 만드는 돼지는 벌을 받을 필요가 있겠지?"

우득우득우득!

팔꿈치 관절이 반대쪽으로 늘어났다.

"갸아아아악! 아파 아파 아파 아파아아아!"

"그래. 그럼 계속할게."

"마, 마귀다! 항복이라니까요, 유키나 선배!"

"더러운 울음소리구나. 돼지의 언어는 이해 못 하는데?"

"젠자아아앙! 무자비에서 태어난 괴물 녀서어어억!"

"후훗…… 좀 더 좋은 목소리로 울어보렴! 출하 전에 기름이 오른 돼지 녀석이이이!"

우득우득우득!

유키나 선배의 아름다운 다리가 내 얼굴과 팔에 닿아서

두근두근…… 할 여유는 없다! 그저 아프다!

"아, 안대애애애! 인대가! 인대가 맛이 가버려어어어!"

"고통으로 가버리다니, 상급 변태구나. 감탄스러워."

"말이 너무 심해! 유키나 선배, 이제 항복이에요오오!"

"그럼 솔직히 말해.「변태 돼지인 제가 유키나 선배와 영화 데이트를 할 수 있다니, 영광입니다. 꿀꿀」이라고."

"그 악의가 담긴 어미는 뭔가요!"

"주인한테 말대꾸하는 거야? 아무래도 교육이 부족했나 보구나."

우득우득우드득!

"갸아아아! 말할게요, 말할게요! 변태 돼지인 제가 유키나 선배와 영화 데이트를 할 수 있다니, 영광입니다, 꿀꿀! 귀여운 유키나 선배와 외출할 수 있다니 행복해요, 꿀꾸우우울!"

"잘 말했어. 징해, 아니 장하구나."

유키나 선배는 굳히기를 풀고 내 이마를 찰싹찰싹 때렸다.

"아야야…… 좀 봐주세요. 훌쩍."

"울지 마. 못생긴 얼굴이 더 추악해지잖아."

얼굴을 만지작거리지 마세요. 진짜로 울 거예요? 괜찮나요? 남자가 진심으로 우는 것만큼 귀찮은 일도 없다고요?

"그럼, 그렇게 됐으니까. 이번 주 일요일, 날 위해서 비워둬."

유키나 선배는 그런 말을 남기고 방에서 나갔다.

동작이 물 흐르는 듯한 팔가로누워꺾기였어…… 그러고 보니, 유도 경험이 있다고 했었나.

"유키나 선배가 유도복을 입은 모습…… 멋있겠지."

나는 남몰래 동경하면서 벽에 귀를 딱 붙였다.

『저질러버렸어…… 또 저질러버렸다고오오오오!』

옆방에서 유키나 선배의 하이톤 참회가 들려왔다.

『오늘은 반성의 뜻을 담아서 진성S를 봉인하려고 했는데…… 아아, 정말! 케이타 때문이야! 안겨 와서 뭔가 굳히기를 걸기가 쉬운 걸…… 헉! 혹시 케이타는 내 굳히기에 걸리고 싶어서 일부러 걸리기 쉬운 자세를……?』

그럴 리가 없잖아요. 평범하게 생각해서 굳히기에 걸리기를 기다리는 남자가 있겠어요? 그건 그냥 마조히스트잖아요.

……뭐, 굳히기에 걸리는 것도 사이가 좋다는 증거니까 괜찮지만!

『그래도 케이타한테 기분 좋은 말을 들었어…… 에헤헤. 날 귀엽다고 생각하고 있구나. 그리고 나랑 외출할 수 있어서 행복하대…… 정말~! 앞으로는 매일 케이타의 방에 갈 거야! 각오하라고!』

유키나 선배는 '에헤헤…… 흐헤헤헷'이라며 기쁜 듯이, 더러는 약간 섬뜩하게 웃었다.

……살짝 소리쳐도 되나?

유키나 선배 완전 귀엽잖아아아아아아!

무슨 이해가 안 되는 소리를 하는 거야! 유키나 선배가 귀엽다는 건 지구가 자전한다는 사실과 동급으로 당연한 사실이잖아! 뭐, 그 귀여움은 나만 알고 있지만!

그리고 매일 방에 온다고……?

내 기분을 무시하지 말라고…… 가끔은 나도 유키나 선배네 집에 가게 해줘!

유키나 선배의 방은 어떻게 생겼을까. 분명 곰돌이 인형이 있겠지. 그리고 걔를 나로 간주하고 대화하기도 하고…… 에에잇, 뭐냐 그 동화 같은 분위기는! 너무 소녀 감성이잖아아아!

──라고 외치면 유키나 선배에게 들리니, 나는 그 자리에서 버둥버둥 몸부림칠 수밖에 없었다.

『케이타…… 좀 더 사이좋게 지내고 싶어.』

유키나 선배의 귀여운 소원에 깜빡 심쿵사 할 뻔했다.

이래서 유키나 선배는 미워할 수 없다.

"유키나 선배. 우선은 일요일 영화 데이트로 친해지자고요?"

벽 너머에 있는 유키나 선배와 멋대로 약속해 보았다.

물론 그녀에게 들리면 곤란하니 작은 소리로.

【유키나 선배의 사복은 귀여워 (영화 데이트 편2)】

시간은 순식간에 흘러, 드디어 데이트 당일을 맞이했다.

난 집 앞에서 유키나 선배가 오기를 기다리고 있었다.

스마트폰으로 시간을 확인했다. 이제 곧 약속 시간이다.

그러고 보니 유키나 선배가 사복을 입은 모습은 본 적이 없구나. 항상 교복을 입고 있으니까.

"……분명 귀엽겠지."

천사니까 하얀 원피스는 당연히 어울릴 거고…… 여성스러운 옷뿐만 아니라 의외로 보이시한 것도 괜찮을지도.

몸매가 그렇게나 좋다. 분명 어떤 옷이라도 잘 소화할 것이다.

"케이타. 기다리게 했네."

왔다!

유키나 선배. 대체 어떤 옷을 입고 왔나요?!

"아뇨! 하나도 안 기다렸……는데요……."

가슴을 두근거리며 뒤돌아보고 말문이 막혔다.

유키나 선배의 복장은 티셔츠와 반바지를 매치한 심플한 차림이었다.

다만…… 티셔츠 센스에 문제가 있었다.

어째서인지 티셔츠 한가운데에 'DOKUZETSU'라고 '독설'의 일본어 발음이 영어로 인쇄되어 있었다. 이게 무슨

자기주장 수단이야.

"유키나 선배. 그 티셔츠……."

"알아차린 것 같구나. 엄청 쿨하지?"

유키나 선배는 의기양양하게 가슴을 폈다. 아니 완전 촌스러운데요…….

"저기…… 다른 티셔츠로 갈아입는 게 어때요?"

"뭐? 하인 주제에 내 패션을 트집 잡을 생각이야?"

"아니, 그런 게 아니라…… 그, 그래! 그렇게 과감하게 자기주장을 하면 안 돼요! 어쩌면 거리의 진성M 돼지들이 희희낙락하면서 무리 지어 올지도 모르니까요!"

"그럴 리가 없잖아. 케이타, 제정신이야?"

응. 확실히 나도 무슨 소리인지 모르겠다.

하지만 이 촌스러운 티셔츠를 입은 여자와 커플 연기를 하려니 영 내키지 않았다. 나도 필사적이었다.

"아니 아니! 세상을 살다보면 무슨 일이 일어날지 모르는 법이라고요! 그리고 유키나 선배는 헌팅남이 들러붙은 적이 있잖아요!"

트라우마를 끄집어내자 유키나 선배는 노골적으로 얼굴을 찌푸렸다.

"남자가 끈덕지게 들러붙는 건 싫어. 그때는 정말 무서웠어……."

"그렇죠? 그 티셔츠를 입고 외출하는 건 위험해요."

"알았어. 갈아입고 올게. 케이타는 개답게 거기서 기다리고 있어."

유키나 선배는 납득하고 방으로 돌아갔다.

······설마 다른 티셔츠도 촌스러운 건 아니겠지?

불안감을 느끼며 기다리고 있으니, 5분 뒤에 유키나 선배가 돌아왔다.

"기다렸지, 케이타. 이 옷이라면 괜찮을까?"

"아, 유키나 선배. 벌써 옷을 갈아입고 왔네요······."

검은 서머니트 상의. 흰색, 갈색, 검은색으로 구성된 복고풍 체크무늬 뷔스티에 점프슈트. 어깨에 메는 귀엽고 빨간 가방. 신발은 살짝 굽이 높은 흰 샌들로 코디했다.

응. 정말 잘 어울리는 것 같다. 유키나 선배의 매력이 돋보이는 어른스러운 코디다. 아까 촌스러운 티셔츠를 입고 나왔던 사람이 맞나 싶을 정도다.

"어, 엄청 귀엽잖아!"

"어?"

유키나 선배는 놀란 듯이 눈을 깜빡였다.

큰일났다아아아! 나도 모르게 그만 감상을 말하고 말았다아아아!

"아, 아뇨! 그러니까····· 그 옷 잘 어울리는구나 싶어서요."

"빤히 쳐다보지 마, 이 안구 떼굴떼굴쟁이야. 찌른다?"

유키나 선배는 뚱한 얼굴로 그렇게 말했다.

보지 말라고 해도 정신없이 보게 된다. 그 정도로 사복을 입은 유키나 선배는 귀여웠다.

"잠깐 케이타, 보지 말라고 했잖아?"

"죄, 죄송합니다. 그럴 생각은……."

"그럼 무슨 생각이야?"

유키나 선배가 너무 귀엽기 때문이에요.

——라고 솔직하게 말할 수도 없어서, 나는 침묵해버렸다.

"그랬구나…… 하인의 생각을 모르다니, 나도 주인 실격이네."

"예?"

"지금 이해했어. 그 뭔가를 원하는 듯한 얼굴…… 처벌을 원하는구나?"

"아니, 전혀 아닌데?!"

폭력으로 끌고 가는 방법이 너무 억지스러워. 빨리 굳히기를 걸어서 부끄러운 걸 숨기고 싶을 뿐이잖아.

"알아차리지 못해서 미안해. 금방 기분 좋게 해줄게."

"자, 잠깐만 타임! 전 딱히…… 우왓!"

난 유키나 선배에게 발을 걸려 아주 쉽게 쓰러졌다.

"이게 내가 유도 현 대회 결승전에서 쓴 기술이야. 기대해."

"오히려 불안하다고! 잠깐, 유키나 선…… 끄아악!"

유키나 선배는 재빠르게 손을 뻗어 내 목을 겨드랑이로 안았다. 물 흐르는 듯한 동작으로 이번에는 내 오른팔을 누르고 단단히 고정했다.

끼기기기기기긱!

"끄어어억!"

이, 이건…… 곁누르기라는 기술이다!

위험하다. 고정된 목이 비명을 질렀다. 기술을 풀려고 했지만, 꽉 잠겨서 움직일 수 없었다.

"키, 끄, 으으으……!"

"좋은 표정이야, 케이타. 출하 직전에 슬픔에 빠진 돼지의 표정을 짓고 있어."

뭐야 그 비유는. 본 적 없다고, 그런 애달픈 돼지의 표정은.

"항…… 항복, 이에요…….."

"사양하지 마. 잔뜩 귀여워 해·줄·게."

우드드드드득!

유키나 선배의 봉긋한 가슴이 눈앞에 있었다. 마지막에 보는 풍경이 유키나 선배의 가슴이라 정말 다행이다…… 아니 바보야! 유키나 선배와 데이트도 안 하고 죽을 수 있 겠냐!

"유, 유키나 선배…… 한, 계, 예요……!"

"어머. 벌써 끝이야?"

유키나 선배는 나를 놓아주고 한숨을 쉬었다.

"하아. 칠칠치 못하네, 케이타. 이래서는 전국 제패 따위, 그저 꿈일 뿐이야."

"그런 거 노린 적 없어!"

애초에 유도를 배운 적도 없다고!

"아…… 이런. 지갑을 깜빡했어. 가져올 테니까, 케이타는 여기에 있어."

유키나 선배는 그렇게 말하고 종종걸음으로 방으로 향했다.

아야야…… 요즘 처벌의 강도가 자비 없다는 생각이 든다.

하지만 지금 태도는 부끄러움을 숨기는 것이란 말이지…… 큭! 옷을 칭찬받고 쑥스러워하는 건 너무 귀엽잖아!

잠깐 유키나 선배의 귀여움에 대해 생각하며 시간을 보냈다.

하지만 유키나 선배가 돌아올 기색이 전혀 보이지 않았다. 혹시 지갑을 못 찾고 있는 건가?

"……잠깐 상황을 보고 올까."

나는 유키나 선배의 방 앞까지 갔다.

그러자 익숙한 그 목소리가 문 너머로 들려왔다.

『저질러버렸어…… 또 저질러버렸다고오오오오!』

오오…… 이 공동주택, 문 너머에서도 들리는 거냐. 방음 효과 제로잖아.

『이제부터 케이타랑 염원하던 데이트인데, 시작도 전부터 굳히기를 걸어버렸어어어! 그것도 특기인 곁누르기이이이이!』

유키나 선배, 목소리가 커요! 온 아파트에 다 들릴 거라고요!

뭐, 그런 것보다 염원하던 데이트라고 말해준 게 더 기쁘지만!

『이건 케이타가 나빠! 내 옷을 보고 엄청 귀엽다고 하니까…… 너무 기쁘잖아! 그야 데이트를 위해서 준비한 옷인걸. 부끄러워서 직전에 평소에 입는 티셔츠를 입었지만, 갈아입길 잘했어…… 에헤헤.』

유키나 선배는 기쁜 듯이 웃었다.

…………살짝 소리쳐도 되나?

유키나 선배 완전 귀엽잖아아아아아아아!

데이트용 승부 복장이었냐! 그럼 처음부터 입으라고, 이 겁 많은 사람아! 귀여운 게 당연하니까!

그보다 날 위해서 산 옷이지? 열심히 생각해서 고른 거지? 난 그것만으로도 정말 기뻐! 굳히기를 당했지만 귀엽다고 전해서 다행이야! 고마워요, 유키나 선배! 고마워, 지구!

──라고 외치면 유키나 선배에게 들리니, 나는 그 자리에서 버둥버둥 몸부림칠 수밖에 없었다.

『후훗. 케이타한테 더 칭찬받고 싶어.』

유키나 선배의 쑥스러워하는 목소리가 내 가슴을 두근거리게 했다.

이래서 유키나 선배는 미워할 수 없다.

"유키나 선배. 가끔은 저도 칭찬해주세요."

문 너머에 있는 유키나 선배에게 짓궂게 말해봤다.

물론 그녀에게 들리면 곤란하니 작은 소리로.

【유키나 선배는 커플로 보이고 싶어(영화 데이트 편3)】

집에서 15분 정도 걸으니 목적지가 보이기 시작했다.

"도착했어요, 유키나 선배!"

"보면 알아. 날뛰지 마."

"에헤헤. 어쩔 수 없어요. 데이트가 기대되는걸요!"

"……그래."

유키나 선배는 고개를 휙 돌렸다. 후훗, 부끄러워하고 있어. 유키나 선배도 기대해주면 좋겠다.

우리는 역 앞에 있는 대형 쇼핑몰에 왔다.

영화관은 이 건물의 위층에 있다. 7층이 매표소이고 8층과 9층이 상영관이다.

자. 여기까지는 순조로운데, 딱 하나 걱정되는 사항이 있다.

"유키나 선배. 티켓 말인데요……."

"그래. 확실하게 가져왔어."

유키나 선배는 파우치에서 커플 할인 티켓을 두 장 꺼냈다.

"이걸 매표소에 보여주면 되는 거지?"

아니. 그것만으론 안 돼.

아무래도 유키나 선배는 티켓 뒷면의 '주의사항'을 읽지 않은 듯했다.

"저…… 일단 주의사항을 읽어주세요."

"어?"

유키나 선배는 티켓 뒷면을 훑어봤다.

잠시 후, 티켓을 쥔 손이 떨리기 시작했다.

"아니…… 케이타, 이게 뭐야!"

"맞아요. 커플인 것을 증명하기 위해서 '손을 잡고' 표를 사야 해요."

매표소 누나에게 맞잡은 손을 보여주면 커플 할인이 적용되는 구조다. 진짜 커플이라면 '부끄러워~' 하고 웃으며 이야기하겠지만, 우리는 그렇게 할 수도 없다.

"케이타. 날 속였구나?"

"네? 아니, 그럴 의도는…….."

"영화를 보는 척하면서 내 손의 감촉을 만끽하려는 거구나…… 어긋난 사춘기 동정의 욕망을 발산하는 것도 적당히 해, 이 비열국의 비열왕!"

"그런 기분 나쁜 생각은 안 했어!"

누가 비열국의 비열왕이냐고. 전 비열하게 어미를 '~입니다요'라고 쓰는 남자가 아니라고요.

"유키나 선배. 부탁이에요. 저랑 손을 잡아주세요."

"하, 하지만…….."

"전 유키나 선배랑 같이 밖에서 놀고 싶었어요. 그래서 오늘을 정말 기대했는데…… 부탁할게요! 같이 영화를 봐주세요!"

머리를 숙이자 유키나 선배는 탄식했다.

"하아…… 알았어. 오늘은 내가 빚을 갚는 날이기도 하니까."

"정말인가요! 감사합니다!"

유키나 선배는 '까불다가 야한 짓 하면 죽인다?'라며 못을 박았다. 우와~, 날 전혀 믿질 않아~.

우리는 매표소에 가서 매표소 누나에게 커플 할인 티켓을 보여줬다.

"저기, '지금, 사랑에 삽니다' 고등학생 표 두 장 주세요."

"네. 커플 할인이네요. 그럼 커플이라는 증명을 부탁드립니다."

왔다. 드디어 시련의 때가 왔다!

"자, 유키나 선배."

내가 손을 내밀자 유키나 선배는 입술을 삐죽 내밀었다.

"아, 알고 있어."

유키나 선배는 부끄러운 듯 내 손을 잡았다. 뭐, 뭔가 부드러워…… 그건 그렇고 여자의 손은 이렇게나 작구나.

첫 체험에 가슴을 두근거리고 있으니, 매표소 누나는 미소 지었다.

"후훗. 귀여운 여자친구분이네요."

그만둬, 누나! 유키나 선배를 놀리지 마! 이 사람은 쓸데없이 자존심에 세니까!

"귀여워요? 그건 무슨 뜻으로 한 말이죠?"

유키나 선배는 차가운 목소리로 그렇게 말했다. 저건 화낼 때의 눈이다.

……이거 한바탕 파란이 생길 것 같은 예감이 든다.

"부끄러워하면서 손을 잡는 모습이 귀여워서요. 남자친구분도 그렇게 생각하죠?"

"에? 아, 네. 귀여운, 데……."

옆에 있는 유키나 선배를 봤다.

히이이이익! 이마에 혈관이 튀어나왔어어어어!

"부끄러워하지 않았어요. 그리고 착각하지 마세요. 이 남자랑 전 커플이 아니니까요."

앗! 유키나 선배, 그 말은 하면 안 돼요!

"어? 그럼 커플 할인 티켓은 적용할 수 없는데요."

"앗……."

"어떻게 된 거야? 얘는 남자친구 아니야~?"

매표소 누나는 히죽히죽 웃으면서 그렇게 말했다.

오오, 유키나 선배가 농락당하고 있어! 누나 대단해!

놀림 받기만 하는 유키나 선배는 불쾌한 듯 입술을 깨물었다.

"……사, 사귀고 있어요. 케이타는 제 남자친구예요……!"

사귀고 있어요. 케이타는 제 남자친구예요.

그 말은 진실이 아니지만 내 기분을 고양시키기에는 너무나도 충분했다.

유키나 선배가 날 남자친구라고 말해줬어……!

오늘은 우리의 기념일로 삼자! 가짜 연인 기념일 최고~! 후우우우우우!

"후훗. 부끄럼쟁이구나. 남자친구도 힘들지?"

"이야아, 맞아요~! 전에도 유키나 녀석이 제 방에 왔을 때── 아얏!"

꿍!

유키나 선배는 까부는 내 발을 밟고 지근지근 짓이겼다.

"케이타? 영화가 기대되는 건 이해하지만, 너무 흥분하지 마."

"유키나 선배 때문이잖아요! 당신이 발을 밟으니까 아야야야야!"

꾸욱꾸욱

잠깐만! 유키나 선배가 신고 있는 샌들, 힐이 굉장히 딱딱한데?!

"케이타. 공공장소에서 발정하면 어쩌자는 거야?"

"안 했어! 아프니까 소리 지르고 있는 거라고!"

"그래. 아파서 기분 좋은 거구나. 구제할 수 없는 돼지야. 거세하렴."

틀렸다. 이 사람, 말이 전혀 안 통해.

"……흥. 난 화장실에 갔다 올게."

기분이 상한 유키나 선배는 티켓 값을 나에게 주고 사라
져버렸다.

"아야야…… 유키나 선배는 금방 부끄러운 걸 감추려고
저런다니깐."

"후후후. 귀여운 부끄럼쟁이 여자친구구나."

"앗, 매표소 누나…… 아하하. 폭력은 좀 자제해줬으면
하지만요……."

"너희 아직 안 사귀고 있지?"

이런…… 역시 들켰나?

"아, 아니. 그러니까 저희는……."

"걱정하지 마. 할인은 적용해둘 테니까. 그보다 열심히
해봐. 누나는 너희 사랑을 응원해!"

"아, 네에……."

누나는 묘하게 들떠있었다. 이 사람은 왜 들뜬 거지.

나는 매표소 누나의 배웅을 받으며 화장실로 향했다.

복도를 걸어 여자 화장실 부근까지 가니 유키나 선배의
목소리가 들려왔다.

『저질러버렸어…… 또 저질러버렸다고오오오오!』

여기서도 외치는 거야?!

유키나 선배의 속마음 타임, 설마의 출장판이다.

『흐에에엥! 데이트 중에 또 폭력을 휘둘러버렸어어어!』

우선 진정해요, 유키나 선배!

그리고 그 나이에 '흐에에에엥!'이라고 하지 마! 하지만 귀여우니까 용서!

『모처럼 케이타랑 손을 잡았는데 놓아버렸어…… 난 너무 자상하지 못해애애…… 그래도 기뻤어. 주위 사람들이 보면 나랑 케이타는 연인으로 보이겠지. 에헤헤. 자랑스러운 남자친구예요…… 막 이런 말도 해보고.』

유키나 선배는 '또 망상해버렸어. 나도 참 기분 나쁘네'라며 쓴웃음을 지었다.

……살짝 소리쳐도 되나?

유키나 선배 완전 귀엽잖아아아아아아아!

자상하지 못하다고? 자상해! 항상 내 방에 와서 청소해 줘서 도움을 받고 있고! 요즘에는 '너무 많이 만들었으니까'라는 상투적인 핑계를 대면서 이런저런 반찬도 주고! 유키나 선배가 만드는 닭튀김, 최고로 맛있어요!

그리고 '자랑스러운 남자친구예요'라고?

흘려들을 수가 없는데~…… 내가! 언제! 유키나 선배의 남자친구가 된 거야! 나도 여자친구 자랑해도 되나?! 친구한테 '유키나 녀석, 요즘 나한테 어리광부리기만 한단 말이지~'라면서 염장 질러도 되나?! 안 되겠죠, 알고 있어요! 근데 주위에서 보면 우리가 커플로 보인대!

──라고 외치면 유키나 선배에게 들리니, 나는 그 자리

에서 버둥버둥 몸부림칠 수밖에 없었다.

『우리, 사귀고 있다고 해도 과언이 아니지?』

유키나 선배의 충격적인 한마디에 두근두근했다.

이래서 유키나 선배는 미워할 수 없다.

"유키나 선배. 냉정하게 생각하세요. 과언이에요."

화장실에 있는 유키나 선배에게 딴지를 걸었다.

물론 그녀에게 들리면 곤란하니 작은 소리로.

【유키나 선배는 조금씩 변해간다(영화 데이트 편4)】

유키나 선배와 합류하여 상영관에 들어갔다. 그녀가 속마음 타임을 가진 탓에 상영시간에 아슬아슬하게 맞춰서 들어갔다.

우리는 조용히 이동해서 상영관 중앙 끝자리에 앉았다.

쉴 틈도 없이 영화가 시작됐다.

영화는 사고로 죽은 남편이 부유령이 되어 현세에 나타나 부인과 못다 한 추억 만들기를 한다는 내용이었다. 감동적인 연애 영화로, 항간에서는 '눈물 나게 슬프다'라는 좋은 평을 받고 있다.

옆에 앉은 유키나 선배를 힐끗 봤다.

……어라? 어두워서 잘 모르겠는데, 조금 부끄러워하는 건 기분 탓인가?

스크린으로 시선을 돌리니, 마침 베드신이 나오고 있었다. 아~, 이게 원인이었나…….

침대 속에서 부드럽게 겹쳐지는 두 사람은 서로를 갈망하듯이 키스하고 있었다. 그렇군. 나도 조금 부끄럽다.

이럴 때 진짜 연인은 어떻게 할까. 분위기가 좋아져서 손을 잡거나 할까.

다시 유키나 선배에게 시선을 돌렸다. 팔걸이 위에 놓인 그녀의 왼손은 차분하지 못하게 꼼지락꼼지락 움직이고 있었다.

설마…… 이건 '손을 잡아도 된다'는 사인?!

좋아. 여기선 내가 남자답게 리드해야지!

난 유키나 선배의 왼손을 살짝 쥐었다. 분위기 때문인지 정말로 연인이 된 듯한 기분이 들었다.

다른 사람들이 보면 우리 완전 커플 같겠지…… 너무 행복해. 영화 데이트 만세~!

혼자서 들떠있으니, 유키나 선배도 내 손을 쥐었다.

꾸우우욱!

(아야아아아아아아!)

서둘러 손을 놓았다. 유키나 선배는 작은 목소리로 귓속말했다.

"또 야한 생각 했지? 이 변태 괴수 똥케이타."

유키나 선배는 경멸하는 눈으로 날 째려봤다.

저기, '똥케이타'는 너무 하지 않아요? 똥개를 따와서 '똥케이타'라고 불렀겠지만, 아무리 생각해도 그냥 똥을 붙인 거잖아요.

그 후, 우리는 얌전히 영화를 봤다.

영화는 현세에서 못다 한 일을 끝낸 남편이 아내의 배웅을 받아 성불하며 끝났다.

항간의 평판대로 눈물이 나는 영화였다. 눈시울이 뜨거웠다. 눈이 빨개져 있으면 어떡하지. 유키나 선배에게 놀림 받을지도 몰라.

엔딩 크레딧이 끝나고, 상영관 안이 밝아졌다.

유키나 선배는 옆에서 울고 있었다. 조용히 오열을 흘리며 작품의 여운에 잠겨있었다.

"저기, 유키나 선배……."

"아, 안 울었어! 이쪽 보지 마!"

유키나 선배는 당황해서 고개를 돌려버렸다.

참…… 정말 서투른 사람이야.

"유키나 선배. 이거 쓰세요."

손수건을 내밀자 유키나 선배는 이쪽을 보고 머뭇거리며 손을 뻗었다.

"……잘 쓸게."

유키나 선배는 손수건을 받아서 눈을 닦았다. 유키나 선배가 진정할 때까지 기다린 다음 우리는 영화관을 뒤로 했다.

바깥은 이미 어둑어둑했다. 저녁놀에 물들어가는 거리를 둘이서 나란히 걸었다.

"유키나 선배. 영화 엄청 좋았죠."

"그렇네."

"저도 울었어요."

"오늘 하루로 마음의 때가 씻겨 내려간 거 아냐?"

"유키나 선배도요."

"뭐가?"

"약간, 유키나 선배는 자신에게 솔직해졌어요."

내가 옷차림을 칭찬하면 기뻐하고. 영화관 매표소에서는 쑥스러워하고. 매표소 누나에게 놀림 받아 화내고. 영화를 보고 울고. 지금은 약간 평온한 미소를 짓고 있었다.

"오늘 유키나 선배는 멋진 표정을 잔뜩 보여줬어요. 솔직한 유키나 선배를 볼 수 있어서 좋았어요."

유키나 선배는 멈춰 서서 눈을 휘둥그레 떴는데, 금방 부루퉁한 표정을 지었다.

"난 항상 솔직해."

"아하하. 어떻게 보면 그럴지도 모르죠."

"뭐야. 케이타 주제에 건방져."

퍽퍽.

유키나 선배는 내 다리를 찼다.

항상 하는 대화에 나도 모르게 웃음이 흘러나왔다.

재치 있는 말은 전혀 떠오르지 않았지만, 지금이라면 나도 내 본래의 모습으로 있을 수 있을 것 같은 느낌이 들었다.

"유키나 선배. 저한테 마음을 좀 더 열어주세요. 전 유키나 선배가 어떤 모습이라도 받아들일 거니까요."

수줍음과 부끄럼이 많은 모습. 독설을 날리고 진성S인 모습. 정말로 다정한 모습. 장난스러운 모습. 가끔 덜렁대는 모습. 날 챙겨주는 모습.

당신의 매력에만 마음을 빼앗긴 게 아니야.

미숙한 모습도 다 포함해서, 저는 유키나 선배가 좋아요.

잠시 뒤, 유키나 선배는 말없이 내 다리를 퍽퍽 찼다.

"어, 어째서 차는 건가요."

"차기 편해서야."

무슨 뜻이야. 샌드백 같다는 뜻인가?

유키나 선배의 알 수 없는 반응에 어리둥절하고 있으니, 그녀는 문득 표정을 누그러뜨렸다.

"케이타…… 귀여운 구석 없는 나에게 항상 다정하게 대해줘서 고마워."

"네?"

잘못…… 들은 거 아니지?

그 독설소녀가 나에게 감사를 표한 건가……?!

"유키나 선배. 지금 한 말은……."

"자 그럼. 돌아갈까."

"아니 아니! 뭘 도망치려고 하는 건가요!"

"도망쳐? 무슨 말인지 모르겠는데."

"지금 '고마워'라고 했죠?!"

"하인에게 감사 인사 따위는 안 해. 쓸데없는 소리 하지 말고 가자."

"아, 잠깐! 얼버무리지 말고, 제대로 진심을——"

"말 안 했는걸!"

"아야아아!"

발등을 세게 밟혔다. 엄청 아프다.

"오늘 데이트로 빚은 갚았어. 내일부터 다시 내 하인으로서 일해야 한다? 알겠지?"

유키나 선배는 그런 말을 남기고 빠른 걸음으로 떠나갔다.

난 놓치지 않았다.

유키나 선배의 귀는 사과처럼 새빨갰다.

……살짝 소리쳐도 되나?

유키나 선배 완전 귀엽잖아아아아아아!

드디어 호감을 드러냈다아아아! 귀까지 빨갛게 물들이고 '귀여운 구석 없는 나에게 항상 다정하게 대해줘서 고마워'래! 아니, 귀여워! 저야말로 항상 이 하인 놈에게 독설을 해주셔서 감사합니다!

그리고 난 놓치지 않았다고! 아까 '말 안 했는걸!'이라면서 어린애 같은 말투로 부정했잖아! 굉장해, 본연의 모습이 나오잖아! 유키나 선배, 그런 식으로 좀 더 호감을 표현해도 돼요! 아이·원트·유어·츤데레이션!

——라고 외치면 유키나 선배에게 들리니, 나는 그 자리에서 버둥버둥 몸부림칠 수밖에 없었다.

"유키나 선배. 저에게…… 아니. 저한테만 마음을 열어주세요."

여기에 없는 유키나 선배에게 몰래 작업을 걸어봤다.

아직은 본인에게 전해지지 않았지만…… 언젠가 좋아한

다는 마음을 전해야 해.

우리의 첫 데이트는 이렇게 막을 내렸다.

【유키나 선배와 공부 모임】

집에 돌아오니 방에 교복 차림의 유키나 선배가 있었다.

유키나 선배는 드물게도 비디오게임을 하고 있었다. 그레이싱게임이다.

"안녕하세요, 유키나 선배."

"왔구나, 하인."

"그야 제 방이니까 와야죠…… 오늘은 게임을 하고 있네요."

"그래. 언젠가 케이타에게 복수하기 위해서야."

화면을 보니 유키나 선배가 운전하는 차가 드리프트하면서 코너를 돌고 있었다. 전에는 코너를 돌지 못하고 부딪쳤었는데.

확실히 실력이 늘었군…… 보아하니 나 몰래 연습하고 있었구나?

"재경기는 응할 건데…… 왜 그렇게 집착하는 건가요?"

"케이타의 특기를 꺾어 자존심을 너덜너덜하게 만들기 위해서야."

"우위를 점하는 방법이 독특해!"

발상이 S를 넘어 음침한데요.

한동안 유키나 선배의 플레이를 바라보고 있으니, 인터

폰이 울렸다. 대답하기 전에 문이 열렸다.

"케이타 선배애애애애~! 도와주세요오오~!"

우두두두두두!

쥬리가 나에게 울면서 매달렸다.

"진정해. 무슨 일이야?"

"큰일 났슴다! 도와주세요!"

휙.

말캉.

쥬리는 내 팔에 매달렸다.

너, 너 이 바보! 가슴을 밀어붙이지 말라고! 이런 모습을
유키나 선배가 보면——!

"케이타. 후배에게 안기는 기분은 어때?"

이미 늦었다. 엄청 화내고 있어.

"야, 쥬리! 일단 떨어져!"

"싫슴다! 제가 모르는 걸 친절하게 몸소 가르쳐준다고
약속해주세요!"

"오해를 낳는 말은 안 할 수 없을까?!"

그런 식으로 말하면 실천적인 야한 짓을 가르친다는 느
낌이 들잖아.

"케이타. 얼굴에 '헤헷. 쥬리야. 야한 짓을 해보자꾸나!'
라고 적혀있어. 세 번 죽을래?"

유키나 선배를 감도는 분위기가 분노에서 살기로 바뀌

었다. 위험하다, 어떻게든 해야 한다!

"알았어, 쥬리! 협력할 테니까 떨어져!"

"말로만 하는 약속은 믿을 수 없습다! 몸으로 보여주세요!"

"너 진짜 조용히 하라니깐?! 쓸데없는 말 하면 안 도와준다!"

"으극. 그건 곤란함다."

쥬리는 나에게서 떨어져 오도카니 바닥에 앉았다.

"그래서? 내가 뭘 도와주면 좋겠다고?"

"실은 공부를 가르쳐줬으면 함다."

공부라니…… 아아, 그런가. 주말은 기말고사였나.

"저, 낙제점을 맞으면 엄마한테 벌을 받게 됨다. 통금도 엄격해지고, 용돈도 줄어들어요……."

평소의 기운은 어디로 갔는지, 쥬리는 풀이 죽어 고개를 떨궜다.

아무리 그래도 그런 처벌은 불쌍하다. 하는 수 없지. 도와줄까.

고등학교 1학년 과목을 가르칠 수 있을지 모르겠지만, 특기 과목이라면 괜찮을 것이다. 그리고 (표면상으로는)우등생인 유키나 선배도 있다. 셋이서 같이 공부를 하면 낙제는 면할 수 있을 것이다.

"내가 공부를 봐줘도 괜찮으면 봐줄게. 아는 범위 안에서."

"진짜요?!"

"그래. 그리고 듣고 놀라 자빠지시라. 유키나 선배는 지난 정기 시험에서 학년 1등을 했어. 가르쳐달라고 부탁해."

"유키나 선배! 부탁드립다!"

쥬리는 손을 맞대고 부탁하는 포즈를 취했다.

이제 남은 건 선배가 가르쳐주느냐 마느냐인데…….

"뭐? 쥬리. 그게 사람에게 부탁하는 태도야?"

아, 큰일이다. 이 사람, 전혀 가르쳐줄 생각이 없어.

"유키나 선배. 괴롭히면 쥬리가 불쌍하잖아요."

"뭐야? 케이타는 쥬리 편을 드는 거야?"

"그러려는 게…….

"주인한테 이의를 제기하면 찬다? 이해했으면 입 다물고 있어. 이 가슴 주물주물남!"

유키나 선배는 나를 퍽퍽 찼다. 이미 차고 있잖아요, 싫어라~…….

"쥬리. 다른 사람에게 부탁할 때는 성의를 보여야 하는 법이란다."

유키나 선배가 진성S 발언을 하자 쥬리는 갑자기 자세를 고쳐서 앉았다.

뭐지? 대체 뭘 할 생각이지?

의문을 품고 있으니, 쥬리는 반짝 눈을 빛냈다.

"알겠습다…… 유키나 선배! 이 어리석은 암퇘지에게 지혜를 하사해주십쇼!"

좌아아아아악!

쥬리는 힘차게 엎드려 절하며 빌었다. 성의라는 게 그런 게 아니라고 생각한다.

"어. 저기, 쥬리. 그렇게 할 것까지는……."

유키나 선배는 기가 질려 있었다. 아무래도 상대가 훅 들어오는 건 거북한 듯했다.

"부탁드림다! 이대로 가면 추가시험임다! 어떤 혹독한 조교에도 버텨낼 테니 절 호되게 굴려주십쇼!"

"잠깐만, 예상 밖의 사태야! 이, 일단 엎드려 비는 건 그만둬!"

"이럴 수가…… 아직 성의가 부족한가요? 이렇게 되면 알몸으로 절하면서 비는 수밖에……."

"안 해도 괜찮은데?!" "안 해도 돼, 하지 마!"

우리의 필사적인 제지가 훌륭하게 하모니를 이루었다.

"아무튼 엎드려 절하지 마! 공부는 가르쳐줄 테니까! 그렇게 쉽게 엎드려서 빌면 안 돼! 그러니까 빨리…… 에에 잇, 어쩜 이렇게 엎드려 절하는 모습이 쓸데없이 아름다운 거야!"

확실히 세련된 폼이었다. 이 녀석, 보아하니 엎드려 비는 게 익숙하구나?

유키나 선배의 마음이 전해졌는지, 쥬리는 몸을 일으켰다.

"유키나 선배. 정말로 가르쳐주는 검까?"

"어쩔 수 없네. 공부 봐줄게."

"와~! 유키나 선배, 사랑해요~!"

쥬리는 유키나 선배에게 달려들었다.

구김살 없는 웃음을 띠고 유키나 선배에게 붙어 볼을 비볐다.

"얘, 얘! 달라붙지 마, 이 거유 요괴 쥬리안느!"

유키나 선배는 달라붙는 쥬리에게 '그만해!'라거나 '가슴 만진다!'라면서 반격했지만, 쥬리는 전혀 듣지 않았다.

"킁킁…… 유키나 선배, 엄청 좋은 향기가 난다. 킁킁, 습~ 하~ 습~ 하~……."

"그만해! 냄새 맡지 마아아!"

"느흐흐. 좋지 아니한가, 좋지 아니한가."

유키나 선배는 쥬리의 성희롱 공격에 쩔쩔맸다. 귀까지 빨개졌어.

쥬리, 너 대단하다. 저 난공불락의 독설소녀를 간단히 능욕하다니. 네가 챔피언이야.

"정말 뭐야~! 케이타, 도와줘어어어!"

유키나 선배는 울상이 되어 나에게 도움을 요청했다.

……살짝 소리쳐도 되나?

유키나 선배 완전 귀엽잖아아아아아아아!

쥬리를 라이벌로 보고 매정하게 대했지만, 오히려 잘 따라서 당황하는 유키나 선배가 너무 재미있고 귀여워! 좋아,

쥬리! 유키나 선배를 더 난처하게 만들어서 그녀의 본모습을 이끌어내는 거다! 힘내라, 거유 요괴 쥬리안느!

——라고 외치면 유키나 선배에게 들리니, 나는 꾹 참았다.

자. 슬슬 쥬리를 말려볼까.

"야, 쥬리. 유키나 선배한테서 떨어져."

쥬리를 유키나 선배한테서 억지로 잡아뗐다. 유키나 선배는 '쥬리, 무서운 아이야……!'라면서 두려워하고 있었다. 아무래도 거북하다는 인식이 생긴 듯했다.

"쥬리. 놀지 말고, 이제 진지하게 공부한다."

"부탁드림다!"

우리는 테이블에 둘러앉아 교과서와 필기구를 준비했다.

"그래서 무슨 과목이 위험해?"

"거의 전 과목이 위험함다. 국어는 항상 90점이라 괜찮지만요."

"그 일본어 이해력을 일상생활에 좀 살려라…… 뭐, 됐어. 암기과목은 독학으로도 어떻게든 될 테니, 먼저 수학을 할까."

"옙!"

쥬리는 기운차게 대답하고 수학 교과서를 펼쳤다.

"케이타 선배. 이 예제가 무슨 뜻인지 이해가 안 됨다."

"예제도 모르는 레벨이냐…… 보아하니 수업을 진지하게 안 듣고 있구나?"

"그런 실례되는 소리를. 제대로 들었는데 이 학력임다."

"더 심각하잖아."

나는 기막혀하면서 노트에 검산식을 써나갔다.

쥬리는 노트를 보면서 '아, 그 식을 쓰면 되는군요!'라며 혼자 납득하고 있었다.

"케이타 선배. 이러면 되나요?"

"그래 그래. 그리고 마지막에 이 공식을 써서 도출해낸 수를 X에 대입하면…….."

"오오! 하나도 모르겠어요!"

"어째서냐!"

지금 흐름은 완전히 이해했다는 흐름이었잖아.

"나하하~. 가르치는 게 서투르네요~."

"배우러 온 녀석이 할 말이냐."

"체인지. 유키나 선배~. 이 문제 가르쳐주세요."

"어쩔 수 없네. 거기서 비켜, 쓰레기 가정교사."

유키나 선배는 나를 내쫓듯이 손을 쉭쉭 휘두르는 제스처를 취했다. 엥~, 뭔가 납득이 안 되는데요…….

마지못해 비키자 유키나 선배는 쥬리 옆에 무릎을 꿇고 앉았다.

"알겠어? 애초에 이 공식은 말이야…….."

유키나 선배는 공식을 알기 쉽고 친절하게 가르쳤다. 쥬리는 이번에야말로 이해했는지, 문제를 푸는 식을 노트에 적어나갔다.

"유키나 선배, 풀었습다!"

"정답이야. 가슴 괴물치고는 잘했네."

"설명이 이해하기 쉬운 덕분이에요. 역시 케이타 선배는 안 되겠네요~."

나를 보고 히죽거리는 쥬리. 유키나 선배라면 몰라도, 너한테는 그런 말 듣고 싶지 않아!

유키나 선배가 잘 가르쳐서인지, 쥬리는 그 뒤에도 문제를 차례차례 풀어나갔다. 역시 유키나 선배. 학년 1등답다.

공부 모임이 시작되고 1시간 정도 지났을 무렵, 쥬리의 머리에서 푸슈~ 하고 연기가 났다.

"아~ 지쳤다아아! 단 거 먹고 싶어! 케이크 먹고 싶어~!"

쥬리는 날 지그시 쳐다봤다. 뭐, 어쩌라고. 안 사줄 건데?

"잠깐 쉬자. 나도 치즈 케이크가 먹고 싶어."

유키나 선배도 날 바라봤다. 빈틈없이 케이크의 종류까지 지정됐는데…… 아, 안 사줄 건데?

"케이크도 준비 안 했어? 정말 쓸모없는 하인이네…… 앗……!"

갑자기 유키나 선배는 얼굴을 찡그렸다.

"유키나 선배. 왜 그러세요?"

"바, 발이 저려……."

유키나 선배는 자세를 흐트러뜨리고 발을 한쪽으로 모

은 자세로 앉았다. 쥬리는 그 모습을 반짝반짝 빛나는 눈
으로 바라보고 있었다.

……매번 그렇지만 안 좋은 예감이 들어.

불안함을 느끼고 있으니 쥬리는 검지를 꼿꼿하게 세웠다.

"근질근질…… 에잇~!"

콕콕.

쥬리는 니삭스에 감싸인 유키나 선배의 발바닥을 손가
락으로 쿡쿡 찔렀다.

"하앗?!"

유키나 선배는 꾸밈없는 목소리로 비명을 질렀다.

"이, 이 가슴만 큰 게! 공부를 가르쳐준 은혜를 잊고……."

"나하핫! 유키나 선배의 비명 귀엽네요~."

쿡쿡.

"하앙!"

움찔움찔!

유키나 선배는 짜릿함과 아픔을 참지 못하고 몸을 젖혔다.

"유키나 선배. 여긴가요? 여기가 기분 좋은가요?"

"앗, 앗, 거긴 민감한 부분…… 앙!"

움찔움찔!

유키나 선배는 참으려고 필사적으로 입을 막았지만, 비
명이 새어 나왔다.

"므흐흐. 발바닥이 약점이네요. 에잇, 에잇."

"햐웅! 아, 안대애애…… 지금은 민감하, 니까아…… 웃!"

유키나 선배는 몸을 움찔움찔 떨면서 숨을 거칠게 쉬었다. 얼굴은 상기되어 있었고 눈도 살짝 촉촉했다.

뭐…… 뭔가 야한 느낌이다!

그저 발바닥을 찌르고 있을 뿐인데 강한 에로 파워가 느껴져!

쥬리…… 잘했어. 넌 하면 되는 애라고 생각하고 있었어.

"유키나 선배. 에엣 에잇~."

"앗, 아앙……!"

기세를 탄 쥬리는 발바닥 콕콕 공격을 그만두려 하지 않았다.

그리고 어떻게 될까.

평범하게 생각해보면 발이 저린 것은 차차 풀려가는 법인데…….

"에잇에잇~…… 어, 어라? 유키나 선배, 안 아픔까?"

"이제 나았어."

"그, 그렇슴까~…… 나하하……."

"쥬리. 다른 사람의 약점을 공격하니 즐겁지?"

"에? 아, 아뇨. 전 딱히……."

"그 기분은 이해해. 나도 그 즐거움을 아는 사람 중 한 명이야."

유키나 선배는 입꼬리를 씨익 올렸다. 악마가 사람을 불행에 빠뜨릴 때 나오는 웃음이다.

"후후후…… 네 약점은 어디일까?"

데빌 유키나 선배는 눈을 요사스럽게 빛내며 쥬리에게 다가갔다.

"히이이이익! 유키나 선배, 죄송함다~!"

"이제 늦었어…… 네년의 암컷 가슴을 찢어주마아아아!"

"이, 이쪽으로 오지 마세요오오!"

쥬리는 허둥지둥 도망가려고 했지만, 유키나 선배가 겨드랑이 아래로 팔을 넣어 꽉 죄었다.

몰캉.

유키나 선배는 뒤에서 쥬리의 가슴을 호쾌하게 주물렀다.

"햐응!"

"어머. 생각과는 달리 귀여운 목소리로 우는구나. 그럼, 이건 어떨까?"

푸루룽.

유키나 선배가 세게 주물러대자 쥬리의 가슴의 형태가 다이나믹하게 움직였다.

"하으으응! 그, 그렇게 세게 하며언……!"

"세게 하면 어떻게 돼? 쥬리. 케이타에게 큰 소리로 가르쳐주렴."

"괴, 괴롭히지 마세요오…….."

쥬리는 하아하아 하는 소리를 내며 호흡을 흐트러뜨리

고 애달픈 얼굴로 날 보고 있었다.

"쥬리. 친한 남자 선배에게 치태를 보이는 지금의 기분은 어때?"

"안 돼애애…… 케이타 선배, 보면 안 돼애애…… 응!"

"훌륭한 암컷의 얼굴이야. 후후후, 언니랑 사이좋게 야한 짓을 하자꾸나."

큰일이다. 유키나 선배의 진성S 스위치가 켜졌어. 게다가 복수라는 특수효과도 더해져서 평소보다 두 배로 가학적이다.

미안하다, 쥬리. 내가 저 악마를 막을 수 있을 것 같지 않구나. 도움 안 되는 선배라 미안해.

내가 할 수 있는 일은 너의 야한 얼굴을 보지 않는 것뿐이다.

"……사, 산책하고 올게요~!"

난 허둥지둥 방에서 나왔다.

나는 공동주택의 복도에 나와서 심호흡을 한 번 했다.

……살짝 소리쳐도 되나?

저 두 사람 완전 에로하잖아아아아아아아!

먼저 유키나 선배! 말이 필요 없을 정도로 에로했다고! 발바닥을 찌르기만 했는데 어떻게 그렇게 귀여운 소리가 새어나오는 거야! 느끼는 얼굴로밖에 안 보였다고! 웃기지 말라고! 대만족이야!

그리고 쥬리! 넌 보이시하고 바보에다가 색기 세로인 후배 캐릭터잖아! 에로한 캐릭터로 진출이라니, 무슨 약점을 보완하는 거냐! 유키나 선배의 손에 욕정에 찬 암퇘지로 조교 당하기나 하고! 너…… 살짝 두근두근 해버렸잖아!

큭…… 쥬리 따위에게 두근두근해서 죄송해요, 유키나 선배!

하지만 어쩔 수가 없어요…… 가슴은 남자의 로망이니까!

──라고 외치면 온 집에 들리니, 나는 그 자리에서 버둥버둥 몸부림칠 수밖에 없었다.

여기에 있으면 방 안에서 나는 목소리가 들리고 만다.

"그럼…… 치즈 케이크라도 사 올까."

난 역 빌딩에 있는 케이크 가게를 향해 걷기 시작했다.

……훗날, 쥬리는 말할 것도 없이 낙제점을 받았다.

【유키나 선배는 오줌을 누고 싶어】

2교시 수업이 끝나자마자 같은 반 여자애가 말을 걸었다.

"케이타, 부탁이 좀 있는데."

사이드테일로 머리를 묶은 소녀는 빙긋 웃었다.

그녀의 이름은 마키 코미미. 이 반의 요주의 인물이다.

"코미미구나…… 무슨 일이야?"

"얘, 너무 그렇게 경계하지 마."

코미미는 볼을 불룩 부풀렸다.

난 알고 있다. 그 귀여움에 넘어가서 부탁을 들어주면 고생한다는 것을.

"그야 경계하지. 네 별명, '트러블 태풍'이잖아."

코미미는 트러블 메이커……이긴 하지만, 그런 사람은 반에 한 명 정도는 있을 것이다.

하지만 마키 코미미는 차원이 다르다. 백화점에 가면 미아가 되고 바다에 가면 수영복이 파도에 휩쓸려간다.

아니, 이것도 아직 귀여운 수준이다. 코미미는 다른 사람을 트러블에 말려들게 하는 성질이 있다. 별명에 '태풍'이라는 두 글자가 붙는 건 그 때문이다.

불꽃놀이를 하는 날에 게릴라성 호우를 내리게 하거나 놀이공원의 관람차를 고장 내서 손님을 약 한 시간 정도 곤돌라에 갇히게 만드는 등, 전례는 너무 많아서 일일이

셀 수가 없다. 가장 심한 사례는 계절에 맞지 않는 독감을 대유행시켜 모든 학급을 폐쇄로 몰고 간 일일 것이다.

그런 코미미가 나에게 부탁을 하러 온 것이다. 경계하는 것이 당연했다.

"……일단 들어보자. 부탁이라는 게 뭐야."

"다음 수업이 지리잖아? 자료실에 가서 지구본을 들고 와줬으면 좋겠어."

"지구본 하나라면 굳이 내 도움까지 받을 필요는 없을 텐데?"

"내가 연극부 고문 선생님한테 불려서 갈 수가 없어. 부탁해도 될까?"

"음~. 흔쾌히 부탁을 들어주고 싶지만, 코미미의 부탁 이니……."

"자료실 열쇠는 여기에 둘게! 잘 부탁해~!"

"앗, 야! 아직 한다고 안 했어!"

코미미는 '미안~! 점심시간에 주스 사줄게~!'라고 말하면서 교실에서 뛰쳐나갔다.

하아…… 내키진 않지만 가는 수밖에 없나.

뭐, 자료실에서 일어나는 트러블이라고 해봐야 뻔하다. 교재가 쓰러져 날 덮치거나 하는 정도일 것이다. 조심하면 문제없다.

난 열쇠를 가지고 자료실로 향했다.

계단을 올라가 복도를 걸으니 자료실이 보이기 시작했다. 문에 걸린 자물쇠는 열려있었다.

"먼저 온 사람이 있나…… 실례합니다."

인사를 하면서 자료실에 들어가니, 거기에는 유키나 선배가 있었다. 학교에서 만나다니, 드문 일이다.

눈을 마주치자 유키나 선배는 차가운 눈으로 나를 봤다.

"잘 왔어. 변태 갯강구."

"지구본을 가지러 왔을 뿐인데 그렇게까지 말하는 거야?!"

"거짓말이야. 내 뒤를 추적해온 거지? 행선지가 탈의실이 아니라 아쉽게 됐네."

"멋대로 스토커 취급하지 마세요!"

이 사람은 날 뭐라고 생각하는 거야.

"정말이지…… 유키나 선배도 교재를 가지러 왔나요?"

"그래. 친구에게 부탁을 받아서."

"아, 그럼 저랑 똑같네요!"

"뭐가 똑같다는 거지? 알겠어, 케이타? 너와 나의 공통점은 호모 사피엔스라는 점뿐이야. 너무 들뜨지 않았으면 좋겠는데?"

"그, 그 밖에도 있어요! 같은 공동주택에 살고 있고, 트래몬을 좋아하고…… 그리고 패기 없고 겁쟁이인 것도."

"그…… 그렇지 않아."

유키나 선배가 고개를 휙 돌렸다. 귀가 살짝 빨개져 있었나.

영화관 데이트 이후, 유키나 선배에게 변화가 생겼다. 벽 너머가 아니라도 아주 약간 속마음을 표현하게 되었다.

유키나 선배와 있는 그대로의 모습으로 대화할 수 있는 날은 아직 멀었다.

그래도 우리 사이의 거리는 조금씩 줄어들고 있었다.

그 작은 한 걸음이 굉장히 기뻤다.

"케이타. 뭘 히죽거리고 있는 거야."

"후후후. 비밀이에요."

"그래. 나 가지고 야한 망상을 했구나. 너의 음란함을 지금 당장 SNS로 퍼뜨릴게."

"으어어어이, 그만둬! 망상 같은 건 안 했다니까요!"

정말. 유키나 선배는 금방 날 변태 취급한다니깐——.

철컹!

자료실의 문이 힘차게 닫히는 소리가 우리의 대화를 가로막았다.

큰 소리에 놀라고 있으니 찰칵찰칵하고 금속이 스치는 소리가 들렸다.

『문은 열었으면 닫고! 자물쇠는 반드시 채워야지! 정말이지, 고등학생이나 돼서 이런 일도 못 하는 거냐…….』

교사로 추정되는 남자의 목소리가 문 너머에서 들렸다. 그의 불평은 발소리와 함께 차차 멀어져 갔다.

어, 어이. 설마……!

"서, 선생님! 안에 사람 있어요!"

문으로 달려가 열려고 해봤다.

하지만 문은 꼼짝도 안 했다. 밖에서 잠긴 듯했다.

"어~이! 누구 없어요~!"

소리를 질렀지만 아무런 반응도 없었다.

"틀렸어요, 유키나 선배. 문을 잠근 것 같아요."

"갇혔다는 거야?"

유키나 선배의 질문에 나는 힘없이 끄덕였다.

방심했다…… '밀실에 갇힌다'는 트러블도 있었나.

코미미 녀서어어어억…… 나는 그렇다 쳐도, 유키나 선
배까지 트러블에 휘말리게 하지 말라고!

어쨌든 지금은 유키나 선배를 불안하게 만들면 안 된다.
말을 붙여서 격려하자.

그런 생각을 했지만, 유키나 선배는 예상과는 달리 아무
렇지도 않은 표정을 짓고 있었다.

"케이타. 초조해하면 안 돼. 여긴 밀실이 아니야."

"무슨 뜻이죠?"

"우린 열쇠를 가지고 있잖아? 열어서 돌아가면 돼."

"……자료실 문은 복도 쪽으로 자물쇠가 채워져 있어요.
우리가 가지고 있는 건 그 열쇠에요. 안쪽에서 여는 건 불
가능해요."

진실을 고하자 유키나 선배가 식은땀을 줄줄 흘리기 시작했다.

큰일이네. 자물쇠가 어디 달렸는지를 잊어버리다니, 총명한 유키나 선배답지 않아. 이미 냉정함을 잃었다는 증거다.

"진정해요, 유키나 선배. 같이 탈출 방법을 생각해요. 반드시 나갈 수 있어요. 수단이 없어도 다음 수업이 끝나면 다른 반 사람이 자료를 빌리러 올 테니까, 걱정할 건 없어요."

"……그러면 늦어."

"늦다뇨?"

"오…… 오줌 쌀 것 같아…….."

유키나 선배는 파랗게 질린 얼굴로 그렇게 말했다.

예상 밖의 위기에 머릿속이 새하얘졌다.

"저기…… 진짜인가요?"

물어보니, 유키나 선배는 안짱다리로 서서 굴욕적인 표정을 짓고 끄덕였다.

안 그래도 위기인데, 거기다가 오줌을 쌀 것 같다……이 말인가?

아니, 진정해. 내가 패닉에 빠지면 유키나 선배도 불안에 빠진다. 적어도 나만은 냉정해야 한다.

그럼. 상황을 정리해보자.

방은 밀실. 탈출은 불가능. 유키나 선배의 요의는 한계에 가깝다.

즉, 이대로라면 유키나 선배는 굴욕적으로 오줌을 지리는 코스를 타게 된다. 혹은 이 자료실에서 볼일을 보게 될 것이다.

그렇군…… 아니, 냉정하게 있을 수 있겠냐아아아!

어느 쪽으로 엎어져도 유키나 선배가 내 옆에서 엄청난 일을 벌이게 된다! 그것만은 반드시 피해야 한다!

사태를 파악한 순간, 공간의 분위기가 한 번에 긴장되었다.

"유키나 선배! 분담해서 탈출 방법을 찾아요!"

"그, 그래!"

말을 나누는 시간조차 아까웠다. 내가 눈으로 신호를 주자 유키나 선배는 방의 왼편을 수색하기 시작했다. 난 남은 오른편을 수색했다.

자료실은 좁았고 복도 측에는 창문이 없었다. 반대편에는 있지만, 이곳은 3층이다. 창문으로 나가는 것은 불가능하다.

복도 쪽 벽 아래에 환기용 문이 있지만, 잠금장치가 부서져 열리지 않는다. 이 문으로 탈출하기도 어려울 것이다.

뭔가 탈출에 쓸 만한 물건을 찾아봤다. 하지만 눈에 띄는 물건은 찾을 수 없었다.

"유키나 선배. 이쪽은 틀린 것 같아요."

"이쪽도 틀렸어……."

"그…… 참을 수 있겠어요?"

"……조, 조금 힘들지도."

유키나 선배는 드물게도 나약해져 있었다.

치맛자락을 꼭 쥐고 다리를 오므리는 유키나 선배. 발을 꾸물꾸물 바쁘게 움직이면서 '크흐……웅!'이라며 애달픈 소리를 냈다. 내가 그렇게 느껴서 그런 건지 몰라도 볼도 빨개져 있었다.

……어떡해야 하지?

여기서 탈출하는 게 가장 좋지만, 두 사람의 지혜를 짜내도 무리였다.

결국 누군가가 오기를 기다리는 수밖에 없다. 그러려면 유키나 선배의 화장실 문제를 여기서 어떻게든 해야 한다.

……역시 여기서 하는 수밖에 없나?

아니 무리잖아! 남자인 내가 있는데?! 눈앞에서 볼일을 보게 할 수는 없어!

하지만 이대로라면 확정적으로 오줌을 지리게 된다. 혹은 방광염으로 구급차에 실려 가야 한다.

……혼날 각오를 하고 제안할 수밖에 없다.

"유키나 선배. 만약의 경우에는 말해주세요."

"어? 무슨 소리야?"

"한계를 맞이하면 각오하고 여기서 하는 수밖에 없어요."

"네 눈앞에서 볼일을 보라는 거야? 역시 변태야. 성희롱으로 백 번 사형이야."

"페널티가 무거워! 아니, 아무리 그래도 눈앞에서 하라는 말은 안 해요. 저한테 눈가리개랑 귀마개랑 코마개를 하고 밧줄로 묶은 뒤에 저기 있는 청소 용구함에 가둬주세요. 그 정도로 조치를 해두면 유키나 선배도 안심이죠?"

"그, 그건 안심되지만…… 어째서 그렇게까지 하는 거야? 상황이 이런데 진성M의 피가 끓는 거야?"

"어떻게 되먹은 성벽이야!"

확실히 지금 말한 시추에이션은 완전히 마니아 취향이지만!

"유키나 선배를 위해서 할 수 있는 일을 하고 싶을 뿐이에요. 유키나 선배가 위기에서 벗어날 수 있다면, 전 어떤 일이라도 할 거예요."

"케이타…… 날 위해 솔선해서 진성M 플레이를…… 미안해. 역시 기분 나빠."

"그러니까 오해라고요! 전 그저 유키나 선배를 돕고 싶을 뿐이에요!"

실금 같은 걸 했다가는 자존심 센 유키나 선배는 깊은 상처를 입는다.

난 유키나 선배의 우는 얼굴 따위는 보고 싶지 않다.

그렇지만…… 유키나 선배가 거부하면 어쩔 수 없나. 다른 방법을 생각하자.

"케이타."

유키나 선배는 시무룩한 얼굴로 손을 내밀었다.

"……양동이. 청소 용구함에서 꺼내와."

"네?"

"네 제안을 마지못해 받아들인다고 말하고 있는 거야. 빨리 해. 변태 쓰레기."

유키나 선배는 고개를 홱 돌렸다. 다리를 오므린 채였고, 기분 탓인지 다리가 떨리는 것처럼 보였다.

정말이지…… 솔직하지 못하다니깐.

그런 점도 포함해서 귀엽다고 생각하는 건 콩깍지가 씌어서 그런 걸까.

"케이타. 진짜 빨리 해…… 그, 그렇지 않으면……!"

유키나 선배는 창백한 얼굴로 재촉했다. 아무래도 한계인 듯했다.

난 청소 용구함을 열어 파란 양동이를 준비했지…… 만, 중요한 사실을 깨달았다.

……눈은 어떻게 가리지?

"유키나 선배. 눈가리개나 밧줄을 대신할 물건 있나요? 귀마개라면 스마트폰에 이어폰을 꽂고 소리를 키워서 음악을 틀면 대용할 수 있을 것 같은데……."

"괜찮아. 안대랑 밧줄이라면 저쪽에 있어."

유키나 선배가 자료실 구석에 있는 선반을 가리켰다. 왜 그런 물건이 학교에 있는 거냐. 여긴 비밀의 SM방인가.

"케이타. 바라는 대로 묶어줄게."

"말 이상하게 하지 마세요……."

유키나 선배는 나에게 안대를 씌웠다. 시야는 이미 새까맸다.

바스락바스락 하는 소리가 들렸다. 분명 유키나 선배가 밧줄을 준비하고 있을 것이다.

그리고 나는 순식간에 상반신을 밧줄로 칭칭 묶였다.

밧줄이 팔에 파고드는 이 감각. 그리고 여고생의 손에 의해 눈이 가려지고 밧줄로 묶이는 이 상황…… 배덕감이 엄청난데.

콧구멍이 티슈로 막히고 마무리로 이어폰이 귀에 넣어졌다. 큰 음량으로 흘러나온 음악은 '트래몬'의 대표곡 '와사비가 눈에 들어갔어'였다.

음악밖에 안 들리고 꼼짝도 못 하게 되었다. 무슨 짓을 당하는 것도 아닌데 살짝 무서웠다. 오감을 빼앗긴다는 게 이렇게나 불안해지는 것이었나.

나는 유키나 선배의 손에 이끌려 청소 용구함에 들어갔다.

"조, 좁네……."

청소 용구함에는 청소도구도 들어있었다. 보기보다 답

답했다.

몸을 살짝 비트니 딱딱하고 가는 것이 무릎에 닿았다.

다음 순간, 이어폰이 쑥 빠졌다.

깡.

보관함에 뭔가가 닿는 소리가 났다.

설마…… 지금 내 무릎에 닿은 건 빗자루?

"그런가…… 빗자루를 쓰러뜨렸는데 손잡이 부분이 이어폰의 코드에 걸린 거구나……!"

그때 이어폰이 빠진 건가…… 아니, 그건 곤란하다!

이제부터 유키나 선배가 꽃을 따는 시간이라고! 소리가 들릴 거야!

팔도 묶여있어서 이어폰을 귀에 다시 꽂는 것도 불가능했다.

큭…… 어떡하면 좋지?

허둥지둥 머리를 굴리고 있으니, 유키나 선배의 목소리가 들려왔다.

『저질러버렸어…… 또 저질러버렸다고오오오오!』

학교에서도 외친다고?!

그런가. 유키나 선배는 내 이어폰이 빠진 것을 모른다. 그래서 완전히 안심하고 본모습을 드러내고 있는 거구나.

『좋아하는 사람이 화장실 걱정을 해줬어…… 으읏, 부끄러워서 시집 못 가!』

확실히 부끄럽죠, 이해해요! 하지만 생리현상이니까 신경 쓰지 마세요!

그리고 시집 문제도 걱정할 필요 없어요, 유키나 선배.

왜냐고요?

그건 내가 당신을 맞이하러…… 말하게 하지 말라고(멋있는 목소리).

『케이타에게 걱정을 끼쳐서 연금 상태로 만들어버렸고…… 미안해, 케이타. 「유키나 선배를 위해서 할 수 있는 일을 하고 싶다」고 말해줘서 고마워. 케이타의 그런 다정한 면, 정말 좋아…… 에헤헤. 혼잣말이라고는 해도 좋아한다고 말하는 건 부끄럽구나. 나도 케이타에게 좋아한다는 말을 들을 수 있도록, 유키나는 힘낼 거야 뿅!』

유키나 선배의 속마음 표현은 점점 더 가속해 갔다.

……살짝 소리쳐도 되나?

유키나 선배 완전 귀엽잖아아아아아아!

무슨 말을 하는 거야! 좋아하는 사람에게 다정하게 대해주고 싶다고 생각하는 건 당연해! 유키나 선배도 이러니저러니 해도 나한테 다정한 걸 알고 있다고! 정말 항상 고마워!

벽 너머로는 좋아한다고 말할 수 있는데 얼굴을 마주 보고는 말 못 하지! 이해해! 조금씩 서로의 마음을 전하자!

아, 그리고 딴지 거는 걸 잊었는데…… '유키나는 힘낼 거야 뿡!'이라니, 뭐냐고 그 어미는! 메르헨틱 유키나 모드 전개냐고! 너무 귀여워 뿡! 모에모에 뿡!

──이라고 외치면 유키나 선배에게 들리니, 난 그 자리에서 이를 꽉 깨무는 수밖에 없었다.

『웃…… 이제 한계야…… 응!』

유키나 선배가 괴로워하는 목소리를 흘렸다.

큰일이다! 들으면 안 되는 소리가 들릴 거야!

그때였다.

찰칵찰칵.

복도에서 열쇠를 만지작거리는 듯한 소리가 들렸다.

『누, 누가 온 거야?!』

유키나 선배의 놀란 목소리가 들렸다.

이어서 문이 열리는 소리가 나고, '케이타 있어? 갇히진 않았어?'라며 나를 걱정하는 목소리가 들렸다.

틀림없다. 이 목소리는 코미미다.

자료실에서 돌아오지 않는 날 걱정해서 수업을 빠지고 와줬구나. 사, 살았다…….

『어라? 당신은 분명 케이타랑 사이좋은 선배──』

『미안해 고마워 안녕~!』

우당탕탕!

바닥을 박차는 소리가 들렸다. 발소리를 듣고 추측하기에, 유키나 선배는 허둥지둥 화장실로 갔을 것이다.

다행이다. 유키나 선배가 꽃을 따는 소리를 듣지 않고 일이 해결됐어.

──라고 안심하는 것도 잠깐이었다.

『이상하네. 케이타도 여기에 있을 건데…… 양동이가 밖에 그대로 나와 있네. 정리해야겠어.』

양동이를 정리한다. 그 말은 즉, 내가 숨어있는 청소 용구함을 연다는 뜻.

큰일이다! 이런 모습을 보이면, 진성M 전문가라는 칭호를 받고 말 거야!

하지만 구속된 내가 할 수 있는 일은 아무것도 없었다.

무정하게도 문이 열렸다.

잠깐의 시간을 두고,

"꺄아아아아아아아아악!"

코미미의 절규가 귀청을 찢었다.

"이, 이상한 사람이야아아!"

"아니야, 코미미! 나야! 케이타야!"

"어…… 우와아, 진짜다! 케이타가 특이성벽에 눈떴어어어어!"

"눈 안 떴어! 내가 이렇게 된 건 유키나 선배의 오줌 때문이니까!"

"히이이익! 이 타이밍에 여자의 오줌 이야기를 하는 건 너무 무서운데!"

"그렇지?! 나도 그렇게 생각해! 지금은 내가 말하는 방식이 나빴어! 아무튼 얘기를 들어줘!"

"싫어! 이쪽으로 오지마아아!"

우당탕탕!

발소리가 멀어져 갔다. 코미미가 도망친 것이다.

"기다려! 적어도 밧줄을 풀어줘어어어!"

필사적으로 외쳤지만 코미미는 돌아오지 않았다.

"……난, 특이성벽이 아니라고. 훌쩍."

내가 울먹이는 소리는 아무도 없는 자료실에 공허하게 울렸다.

젠장!

이젠 두 번 다시 코미미는 안 도와줄 거야!

【유키나 선배와 중2병】

길었던 1학기가 끝나고, 오늘부터 여름방학이 시작된다.

반 친구들은 바다나 불꽃놀이 등 여름 이벤트에 대한 계획을 세우고 있었다. 뭐, 난 안 가지만…… 따, 딱히 초대를 못 받은 게 아니거든! 유키나 선배랑 놀기 위해서 예정을 비웠을 뿐이라고!

뭐, 아직 유키나 선배한테 같이 놀자고 부르지 못했으니 스케줄은 공백이지만…… 아, 안 울고 있거든!

그리하여 난 지금 유키나 선배가 방에 올 때까지 집에서 대기 중이다. 내가 생각해도 참 한가한 사람이다.

딩동~.

혼자 방에서 비디오게임을 하고 있으니 인터폰이 울렸다.

유키나 선배는 벨을 안 누르고 들어오는데…… 혹시 쥬리인가?

"네~. 지금 나가요~."

난 일어나 현관으로 가서 문을 열었다.

그러자 낯선 여자아이가 있었다.

금실처럼 아름다운 머리카락. 보석처럼 반짝이는 푸른 눈동자. 눈처럼 하얀 피부. 어떻게 봐도 외국인 분이다. 키는 작아서 150cm를 밑도는 정도일까.

그녀는 교복을 입고 있었다. 이 교복은…… 분명 근처

여고의 교복이었을 것이다. 초등학생처럼 생겼지만, 아무래도 나와 같은 고등학생인 듯했다.

조금 이질적인 점은…… 그녀가 안대를 하고 있다는 점. 그리고 오른팔에 붕대를 감고 있다는 점이었다.

그녀는 의미심장하게 웃고 폼을 잡으며 손을 이마에 댔다.

"크크크…… 이 몸은 명부의 나라를 지배하는 자, 사안왕 샬롯이다. 그대와의 해후를 기대하고 있었다. 어둠의 권속이여, 비밀스러운 계약을 맺——"

덜컹.

난 아무것도 못 본 것으로 치고 문을 닫았다.

뭐야. 평범한 중2병인가. 엮이지 않는 편이 좋을 것 같다.

딩동딩동딩동딩동!

금발소녀는 인터폰을 연타했다. 서, 성가셔…….

난 마지못해 문을 열었다.

"왜 닫는 거야! 이사 와서 인사하러 왔는데!"

샬롯이라 이름을 댄 소녀는 볼을 부풀리고 울먹이면서 호소했다.

"아, 네. 이사 온 분이었나요. 제 이름은 타나카 케이타입니다. 넌 유학생이야?"

"크크크. 이 몸은 머나먼 명부의 나라에서…… 아니, 문 닫지 마! 영국이야, 영국!"

그녀는 서둘러 문을 붙잡고 평범하게 대답했다. 흠. 어

쩐지 취급 방법을 이해한 듯한 느낌이 든다.

"그래서 샤로는 왜 일본에 온 거야?"

"샤로라고 하지 마! 에헴. 크크크…… 해가 떠오르는 나라에서 강한 마력의 파동을 느껴서 말이다. 고갈된 마력을 충전하러 온 것이다."

"흠~."

"반응이 약해! 좀 더 관심을 가져달라고!"

샤로는 '이이익~!' 하고 소리치며 발을 굴렀다. 얘는 괴롭히는 맛이 끝내주네.

"그건 그렇고, 샤로는 일본어가 유창하구나."

"누님의 영향이다. 누님은 이 나라에서 어둠의 비밀결사의 첩보원으로 활동하고 있지. 그래서 이 몸 또한 해가 떠오르는 나라에 흥미를 느끼고 어학 공부에 힘을 쓴 것이다. 참고로 누님도 같은 공동주택에 살고 있다."

그러고 보니 위층에 외국인 누나가 살고 있었던가. 샤로는 누나의 소개를 받아 이 공동주택에 온 것일지도 모른다.

"그런데 비밀결사의 일원이라는 걸 나한테 말해도 돼? 비밀 아냐?"

"아앗! 그건 말이지, 그러니까…… 크크크. 누님은 일러스트레이터이다."

어둠도 비밀도 아니었다. 설정이 너덜너덜하잖아.

"뭐, 뭐 됐다. 앞으로도 잘 부탁하마, 권속이여…… 앗!

게임!"

샤로는 눈을 반짝이며 내 방 안쪽을 가리켰다.

"케이타도 게임해?!"

"샤로. 설정은?"

"앗…… 크크크. 저 악마의 상자에서 마력이 느껴진다. 잠깐 조사하도록 하겠다."

샤로는 내 방에 들어왔다. 게임기에서는 전력과 열밖에 느껴질 게 없을 거 같지만, 말하지 말자.

샤로는 내 방을 둘러보고 환성을 질렀다.

"오오! 게임에 만화에 애니메이션 DVD…… 마력이 강하게 느껴져!"

"샤로는 일본의 서브컬쳐를 좋아해?"

"샤로라고 하지 마! 크크크. 말하지 않았나? 이 몸의 목적은 마력 충전이라고."

"어…… 그러니까 만화나 게임이 좋아서 일본에 왔다는 거야?"

"응! 특히 애니메이션이 좋아!"

그냥 교육이 잘 된 오타쿠였다. 중2병도 일본 애니메이션의 영향일 것이다.

"권속이여. 한동안 네놈의 집에서 마력을 충전해도 되겠나?"

"다른 사람의 집을 힐링 스팟으로 삼지 말라고…… 뭐,

조금이라면 괜찮지만."

"와~! 앗…… 크크크. 마력을 갈구하는 사안이 욱신거리는군."

샤로는 만화책이 꽂힌 책장을 흥미진진하게 보기 시작했다. 얘는 가끔 설정을 잊는구나~.

달칵.

그때 현관문이 열리고 유키나 선배가 방으로 들어왔다.

여름방학이라서 교복은 입고 있지 않았다. 티셔츠에 데님 소재의 반바지, 검은 니삭스 차림이었다.

"실례할게…… 응?"

유키나 선배는 샤로를 한 번 보고 미간을 찌푸렸다.

"케이타. 이번에는 서양물에 눈을 뜬 거야?"

"서양물이라는 말 안 해주실 수 있나요?!"

왜 살짝 오해를 낳는 말을 하는 건가요, 당신은.

"그렇지, 샤로. 소개할게. 이 사람은 유키나 선배. 공동주택의 이웃이야."

샤로에게 말을 거니, 그녀는 의미심장하게 웃었다.

"크크크. 이 몸의 이름은 사안왕 샬롯. 이 공동주택에 이사 온 명부의 나라의 통치자다. 잘 부탁한다."

"그래. 샤로라고 하는구나."

"샤로라고 하지 마!"

바로 놀림 받는 샤로. 순간적으로 그녀를 귀여워하는 법을 간파하다니, 역시 유키나 선배다.

"유키나여. 네놈도 이 몸의 권속이 되거라. 건방진 태도는 용서하지 않겠다. 절대로 안 된다?"

샤로는 자그마한 가슴을 펴며 그렇게 말했다.

한편, 유키나 선배는 히죽거리며 웃고 있었다. 어차피 쓸데없는 생각을 하고 있을 것이 뻔하다.

"샤로. 일본에는 하인이 주인에게 충성을 맹세하는 의식이 있다는 걸 알아?"

"뭐? 의식이라고?"

"주인이 권속의 발을 핥는 거야. 일본에서는 일반적인 의식이야."

뭐냐, 그 얼토당토않은 의식은. 적어도 반대겠지.

"유키나 선배. 무지한 인간을 속이는 건 아무래도 도가 지나친―― 끄헉!"

귓속말을 하자 유키나 선배는 내 옆구리를 팔꿈치로 깊숙이 찔렀다.

"조용히 하렴, 똥개. 나한테서 장난감을 빼앗을 생각이야?"

"지금 장난감이라고 했어! 확실히 놀리는 맛은 있지만, 이렇게 순수한 아이를 속이는 건―― 히끅!"

이어서 유키나 선배는 내 발을 짓밟았다.

"유, 유키나? 케이타는 왜 몸부림을 치고 있는 것이지?"

"신경 쓰지 마, 샤로. 그런 것보다 '어둠의 계약 의식', 어떡할래?”

“어, 어둠의 계약 의식……!”

샤로는 그 중2병 느낌이 드는 이름을 들은 순간 눈을 반짝였다. 틀렸다. 애는 바보라서 발을 핥을 거야.

하지만 뜻밖에 샤로는 주저했다.

“하지만 유키나. 영국에는 그런 게 없는데?”

“영국?”

“앗…… 크크크. 착각했다. 명부의 나라였다. 영국은 제2의 고향이다.”

“그렇구나. 그런 설정이구나.”

“설정 아니야! 아무튼 다른 사람의 발을 핥는 짓은 고귀한 이 몸이 할 일이 아니다.”

“계약하지 않으면, 이 방에는 있을 수 없는데?”

“어? 게임 못 하는 거야?”

샤로는 이 세상의 절망을 본 듯한 표정을 지었다.

왠지 불쌍해지기 시작했어. 샤로. 언제든 게임하러 와도 된단다.

“하지만 역시 거부감이 드네…… 그래! 우선은 유키나! 네놈이 시범을 보여 봐라!”

샤로는 유키나 선배를 척 가리켰다.

“내가 시범을?”

“음. 대중적인 의식이라면 이 자리에서 할 수 있겠지?

시험 삼아 케이타와 계약을 맺어봐라. 그렇게 하면 믿어주겠다."

그건 무리다. 진성S인 유키나 선배가 내 발을 핥을 리가 없다.

"뭣…… 어, 어째서 내가 케이타랑 계약을 맺는 거야."

유키나 선배가 당황했다.

이 일로 기분이 좋아진 샤로는 사람을 바보 취급하듯이 웃었다.

"크크크. 못 하는 거냐? 배짱이 없구나. 어둠의 권속은 커녕 가축에도 못 미치는 존재 같으니라고."

너…… 유키나 선배의 자존심을 자극하지 말라고. 이 사람은 금방 진심으로 달려드니까.

유키나 선배를 살짝 보니 이마에 혈관이 희미하게 도드라져 있었다. 언제나처럼 끓는점이 낮았다.

"……샤로. 누가 가축에 못 미치는 존재라고?"

"크크크. 왕인 이 몸의 명령을 듣지 않는 네놈이다, 유키나. 개도 주인의 명령쯤은 들을 수 있다고? 네놈은 똥개, 혹은 그 이하다."

뿌득.

뭔가가 끊어지는 소리가 났다. 큰일이다. 사망자가 나올지도 모르겠다.

"말 한번 잘하네. 좋아, 해주지. 케이타. 내 발을 핥아."

이거 봐라. 내 이럴 줄 알았다…… 아니, 내가 핥는 거야?!

"유키나 선배. 주인이 하인의 발을 핥는다는 설정 아니었나요?"

"주인의 명령이야."

"아, 그래도……."

"됐으니까 핥아! 이 발정 난 물벼룩 녀석!"

"예, 예이잇! 기쁘게 핥도록 하겠습니다, 주인니이이임!"

위압감이 너무 심해 그만 복종하고 말았다. 어쩔 수 없잖아, 이 사람은 무서운걸.

유키나 선배는 침대에 걸터앉아 니삭스를 쑥쑥 벗었다. 도자기처럼 아름다운 다리가 드러났다.

선배는 그대로 다리를 꼬았다.

"……핥아."

막상 실전에 들어가니 유키나 선배도 긴장한 듯했다.

나는 무릎을 꿇고 유키나 선배의 작은 발을 잡았다. 발톱을 보니 옅은 핑크색 페디큐어가 발라져 있었다. 심플하지만 굉장히 귀여웠다.

유키나 선배의 엄지발가락이 꾸물꾸물 움직였다. 마치 나를 유혹하고 있는 것 같았다.

"시, 실례하겠습니다……."

마침내 나는 얼굴을 가까이 댔다.

열이 약간 느껴졌다. 아까 전까지 니삭스를 신고 있어서 열이 차서 그런 걸까.

"야, 야…… 미지근한 숨을 내쉬지 마…… 읏!"

유키나 선배가 달콤한 목소리를 흘렸다.

언제나 듣던 진성S의 목소리가 아니다. 완전히 암컷의
목소리였다.

아무리 좋아하는 사람이라도 발을 핥고 싶지는 않다.

그렇게 생각하고 있었는데, 지금 와서는 살짝 가슴을 두
근거리는 자신이 있었다.

큭…… 난 또다시 유키나 선배에 의해 새로운 성벽이 개
척된 건가!

"케이타. 빠, 빨리 해."

"흐음. 안달이 났네요, 유키나 선배."

"너, 너 이 녀석…… 까불지 마."

"그렇게 건방지게 말해도 되나요? 후우~."

"야앙!"

움찔!

발끝에 숨을 불어주니 유키나 선배는 몸을 떨면서 등을
젖혔다.

위험하다. 이거 뭔가 빠져들어! 진성S인 유키나 선배를
정복하는 느낌이 너무 좋아!

계속 부정해왔지만, 지금! 이 순간만큼은 내가 변태라는
것을 인정하지!

자제심이 붕괴된 나에게 더 이상의 주저는 없다. 신데렐라에게 유리 구두를 신기듯이 유키나 선배의 발을 들어 올렸다.

그리고 난 그 아름다운 발에 입술을 가까이 대서——.

"여, 역시 무리!"

뽀각!

유키나 선배가 소리를 지르면서 차올리니 딱 내 턱에 명중했다.

허를 찔린 나는 쓰러졌다. 혀를 씹지 않은 것이 불행 중 다행이다.

"케이타의 얼굴이 너무 추잡해애! 생리적으로 무리야아아아!"

"욕이 의외로 신랄해! 앗, 잠깐, 유키나 선배!"

유키나 선배는 방에서 나가버렸다.

"아야야…… 여전히 발을 쓰는 버릇이 나쁘네."

"크크크. 역시 속임수였나. 날 속이려면 백 년은 이르다!"

옆에서 샤로가 '왓~핫하!' 하고 크게 웃고 있었다. 넌 천진난만하고 귀엽구나.

"샤로. 게임 해도 괜찮아."

"정말?! 와~!"

샤로는 눈을 반짝이고 기뻐하면서 게임기의 전원을 켰다.

그럼…… 슬슬 그 시간인가.

난 샤로가 알아차리지 못하도록 벽가로 이동했다.

『저질러버렸어…… 또 저질러버렸다고오오오오!』

옆방에서 유키나 선배의 갓 보이스가 들려왔다.

『또 케이타를 차버렸어…… 미안해, 케이타. 그런 변태 같은 짓을 당한다고 생각했더니 두근두근했어.』

이해해요, 유키나 선배! 저도 엄청 두근두근했으니까요!

『하지만 부끄러워. 케이타의 얼굴이 너무 변태 같았는 걸. 또 야한 생각을 했겠지…… 혹시 케이타는 자극이 좀 더 강한 걸 원하는 걸까? 고, 곤란하네…….』

유키나 선배는 '그, 그런 건 사귄 다음에 해야 한다고! 떽!'이라며 나를 나무랐다.

……살짝 소리쳐도 되나?

유키나 선배 완전 귀엽잖아아아아아아!

얼굴이 너무 변태 같다는 게 뭐냐고! 원래 이런 얼굴이 잖아!

그리고 야한 생각을 했다고 하는데, 발을 핥으라고 하는 당신도 충분히 야하다고요! 게다가 두근두근했잖아요? 완전히 변태라고! 최고라고!

그리고 전에 말했지만 사귀기 전까지는 야한 짓은 안 하니까요!

……뭐, 자극이 강한 걸 원하지만요! 후욱~, 후욱~!

──하면서 콧김을 거칠게 뿜으며 외치면 유키나 선배

에게 들리니, 나는 그 자리에서 버둥버둥 몸부림칠 수밖에 없었다.

『케이타, 혹시 발 페티쉬?』

유키나 선배의 천연덕스러운 발언에 벌어진 입이 다물어지지 않았다.

이래서 유키나 선배는 미워할 수 없다.

"유키나 선배. 당신이 집요하게 발기술만 거는 거예요."

벽 너머에 있는 유키나 선배에게 한숨을 쉬면서 그렇게 말했다.

물론 그녀에게 들리면 곤란하니 작은 소리로.

"케이타! 이 레이싱게임 같이 하자~!"

샤로가 날 부르고 있었다. 네가 어린애냐.

"응. 지금 갈게. 근데 설정은?"

"앗…… 크크크. 권속이여! 이 몸과 함께 어둠과 유희를 즐겨보지 않겠나!"

샤로는 컨트롤러를 한 손에 들고 웃었다.

그렇구나. 이러면 유키나 선배도 괴롭히고 싶어질 만도 하지.

이후, 엄청나게 게임 했다.

샤로가 돌아간 시간은 배가 고파지기 시작하는 오후 5시였다. 그러니까 애냐고.

【유키나 선배와 놀이공원(놀이공원 편1)】

 장을 보고 돌아오니, 방에는 유키나 선배와 샤로가 있었다.
 최근에는 샤로도 내 방에 눌러앉게 되었다. 목적은 고갈된 마력 보급, 다시 말해서 게임이다.
 두 사람은 그 레이싱게임을 하고 있었다. 꽤나 집중하고 있는지 내 존재를 알아차리지 못했다.
 말을 걸려고 다가가자 샤로가 갑자기 외쳤다.
 "응아아~! 또 코너를 못 돌았어!"
 "샤로, 초보자는 감속하며 도는 게 철칙이야. 알아두렴."
 그리고 이런 식으로 거만한 표정을 짓는다. 유키나 선배도 최근까지 코너가 서툴렀으면서, 선배 행세를 하는 모습에 미소가 절로 나왔다.
 "둘 다 안녕."
 내가 인사하자 둘은 게임을 중단하고 이쪽을 봤다.
 유키나 선배는 티셔츠와 반바지 차림으로 편안하게 입고 있었고, 샤로는 보라색을 기조로 한 원피스 차림이었다.
 "크크크…… 케이타여. 마력을 받으러 왔다."
 "그렇구나. 샤로, 게임 재밌어?"
 "샤로라고 하지 마! 응, 재밌어!"
 샤로는 활짝 웃으면서 대답했다. 솔직해서 귀엽구면, 이

애는.

한편, 유키나 선배는 차가운 눈으로 날 보고 있었다.

"케이타. 서양물은 몰라도 초등학생한테 손대는 건 아무래도 위험해."

"초등학생이라고 하지 마! 난 고등학생이야!"

"어머. 샤로. 설정은?"

"앗…… 크크크. 이 몸은 유구한 시간을 살아가는 사안왕이니라. 나이도 안 찬 꼬맹이와 똑같은 취급하지 마라."

샤로는 의미심장하게 웃었다. 이러니저러니 해도 둘의 사이는 좋아진 것 같았다.

둘의 대화를 흐뭇하게 보고 있으니, 갑자기 샤로가 '아, 그렇지!'라며 손뼉을 쳤다.

"크크크. 오늘은 둘에게 줄 선물이 있다. 평소에 마력을 공급받고 있는데 대한 보답이다."

샤로는 그런 말을 하고는 티켓을 건넸다.

"이게 뭔데?"

"명부에서 소환된 어둠의 유희장의 초대권이다. 피가 끓고 힘이 솟아나는 여러 놀이기구가 우리를 기다리고 있다."

"어, 어둠의 유희장?"

"크크크…… 왜 그러느냐, 케이타여. 죽음의 향기에 몸이 떨려 말도 안 나오는가?"

"아니. 중2병 언어 변환이 잘 안 돼서…… 아. 이건 옆

동네 놀이공원의 초대권이잖아."

"응아아~! 왜 똑바로 고치는 거야! 멋있었는데!"

내 가슴을 투닥투닥 때리는 샤로. 어떻게 봐도 어린 여자애예요. 정말 감사합니다.

"혹시 이거, 나 주는 거야?"

"음. 누님에게 네 장을 받았으니 모두를 불러서 가려고 하는데…… 어, 어떻게 생각해?"

"분명 기뻐할 거야. 내가 보증할게."

"정말?! 다들 재밌게 놀아줄 거야?!"

"당연하잖아. 고마워, 샤로."

샤로의 머리를 쓰다듬으니, 그녀는 간지러운 듯이 미소 지었다.

놀이공원인가. 고등학생이 된 뒤로 안 갔구나. 유키나 선배랑 놀이기구 타는 건 기대된다.

──거기까지 생각하고 흠칫했다.

"이거 네 장이지? 남은 한 명은 누굴 불렀어?"

"크크크. 이 몸은 천애고독의 몸. 최후의 제물은 권속에게 맡기도록 하지."

"샤로, 외톨이구나……."

"불쌍하다는 눈으로 보지 마아!"

샤로는 눈물을 글썽이며 호소했다.

……잘 생각해보니, 내 주변 사람은 외톨이 비율이 높지

않나? 나나 유키나 선배도 친구가 적고, 쥬리도 친구를 별로 안 만드는 타입…… 아.

"그렇지. 쥬리를 부르자."

"쥬리? 그게 누구야?"

"후배 여자애야. 샤로랑 친해질 수 있을 거야."

"크크크. 케이타의 권속은 이 몸의 권속. 부하로 더하도록 하지."

샤로의 부하에 쥬리가 추가된다…… 어째서일까. 들뜬 쥬리가 샤로를 귀여워하는 광경이 눈에 선하게 그려졌다.

정말 재밌는 아이라고 생각하고 있으니 인터폰이 울렸다.

"실례함다~."

호랑이도 제 말 하면 온다더니, 쥬리가 방에 들어왔다.

"어라? 이 귀여운 여자애는 누군가요?"

쥬리는 샤로를 보고 질문했다.

"크크크. 이 몸은 사안왕 샬롯. 영국…… 이 아니라 명부의 나라에서 온 마족이다. 잘 부탁하마."

"오~! 잘 모르겠지만 멋있슴다!"

"흐흥. 그렇지? 네놈과는 마음이 맞을 것 같군."

"그렇네요! 잘 부탁드립다, 샤로!"

"샤로라고 하지 마! 이 몸은 사안왕이야~!"

"샤로는 귀엽네요."

"흐앗…… 머, 머리 쓰다듬지마아……!"

샤로는 항의했지만, 머리를 쓰다듬는 쾌감에 져서 웃음을 띠었다. 바로 귀여움받고 있잖아.

"마침 쥬리 얘기를 하고 있었어. 놀이공원 티켓이 한 장 남는데 같이 안 갈래?"

티켓을 보여주면서 권유하자 쥬리는 눈을 반짝였다.

"진짜요?! 저도 가고 싶습다!"

"이걸로 인원이 모였네. 잘됐네요, 유키나 선배…… 왜 그러세요?"

유키나 선배의 상태가 이상했다. 자신의 몸을 안고 떨고 있었다.

"롤러코스터…… 프리 폴…… 몸서리칠만한 놀이기구가 만연한 마경이야."

유키나 선배는 뭔가에 겁을 먹은 것처럼 그렇게 말했다. 놀이공원을 마경이라고 말하는 사람은 처음 봤어.

혹시…… 격렬한 놀이기구를 잘 못 타나?

그렇다면 탈 수 있는 놀이기구도 제한된다.

게다가 이 놀이공원은 격렬한 놀이기구가 유명한 놀이공원이다. 우리가 격렬한 기구를 타며 즐거워하는 동안 유키나 선배는 혼자서 휴식을 취하게 될 것이다.

그런 건 싫다.

난 유키나 선배를 포함한 넷이서 즐겁게 놀고 싶다. 누군가 한 명만 웃을 수 없다는 건 사절이다.

"난 회전목마나 관람차를 타고 싶은데. 유키나 선배. 롤러코스터 말고 그런 놀이기구 안 탈래요? 괜찮으면 같이 타주세요."

"케이타……."

유키나 선배의 표정이 부드러워졌지만, 금방 부루퉁한 표정으로 바뀌어버렸다.

"어, 어쩔 수 없네. 가끔은 하인과 같이 놀아주지."

"아하하. 감사합니다."

"뭘 웃는 거야. 건방진 돼지구나."

유키나 선배는 내 다리를 퍽퍽 찼다. 여전히 솔직하지 못하네. 뭐, 그게 유키나 선배의 매력이지만.

좋아. 이제 다 같이 사이좋게 놀이공원에서 놀 수 있어.

"어라? 혹시 유키나 선배는 격렬한 놀이기구를 잘 못 타나요?"

그건 해선 안 되는 말이야아아아아아!

쥬리야! 너 얼마나 분위기 파악을 못 하는 거야! 천연덕스러운 것도 적당히 해야지!

"……뭐? 이 가슴 괴물은 무슨 말을 하는 걸까. 내가 잘 하지 못하는 것 따윈 없어."

"진짠가요! 다행이다. 그럼 같이 롤러코스터 타요!"

"조, 좋아. 받아주지."

유키나 선배는 굳은 미소로 응수했다. 무리하고 있다는

게 다 티가 나는데요…….

"저기, 유키나 선배. 허세 부리지 말고 저랑 같이 안전한 놀이기구를 타는 편이…….."

"쓸데없는 참견이야. 넌 혼자 관람차를 타고 공기 여자 친구와 알콩달콩 시간을 보내렴."

"그런 슬픈 망상은 안 한다고!"

"시끄러워, 하인. 탄다고 했으니까 탈 거야. 진성S는 두 말하지 않아."

유키나 선배는 다시 내 다리를 퍽퍽 찼다.

진성S는 두말하지 않는다는 건 또 뭐야. 당신, 생각보다 두말이 많다고요?

"그럼 일정을 정하자. 놀이공원은 주말에 가도 괜찮을까?"

""네~!""

유키나 선배가 물어보니 쥬리와 샤로는 힘차게 대답했다.

"아하하…… 주말이 기대되네요~…….."

난 마음에도 없는 소리를 하고 웃었다.

이리하여 우리는 불안이 가득한 놀이공원에 가게 된 것 이었다.

【유키나 선배는 격렬한 놀이기구를 못 타(놀이공원 편2)】

주말, 우리 넷은 옆 동네의 놀이공원에 왔다.

놀이공원은 어뮤즈 존, 키즈 존, 쇼핑 존으로 나뉘어 있었으며, 각 구역에 어울리는 놀이기구와 시설이 모여 있었다.

이 놀이공원은 롤러코스터가 자랑인 만큼, 보기 싫어도 거대한 롤러코스터가 눈에 들어왔다. 그냥 높기만 한 게 아니었다. 나선형 레일이 있기도 하고 레일의 위아래가 반전되기도 하는 등, 비명이 나오는 요소가 가득했다. 유키나 선배, 괜찮을까…….

"밤 이벤트로 불꽃놀이를 한대. 그때까지는 놀이기구를 타고 놀까."

어젯밤에 인터넷으로 조사해보니, 이 놀이공원은 오늘부터 3일 한정으로 나이트 퍼레이드를 한다고 한다. 그 퍼레이드 도중에 불꽃을 쏘아 올리는 연출이 있다던데. 과거 영상을 보니 상당히 화려하게 쏘아 올리는 것 같았다.

"좋아, 불꽃놀이를 할 때까지 신나게 놀아요! 케이타 선배, 뭐 탈래요?! 역시 롤러코스터임까?!"

들뜬 쥬리는 그 자리에서 뿅뿅 뛰었다. 그 역동적인 움직임에 맞춰 가슴도 출렁출렁 흔들렸다.

유키나 선배는 쥬리와는 대조적으로 노골적으로 싫은 표정을 지었다.

"쥬리. 우선은 회전목마 같은 것부터 타는 게⋯⋯."

"롤러코스터는 저기 같네요! 샤로, 갑시다!"

"샤로라고 하지 마! 크크크⋯⋯ 하늘을 달리는 마법의 열차인가. 이거 질 좋은 마력을 얻을 수 있겠군."

쥬리와 샤로는 '와~!' 하고 소리 지르면서 달려가 버렸다. 너희들 초등학생이냐.

남겨진 유키나 선배는 탄식했다.

"하아⋯⋯ 우울해."

"유키나 선배. 역시 무리하지 않는 편이⋯⋯."

"타, 탈 거야! 하인 주제에 신경 쓰지 마! 하지만⋯⋯."

"하지만?"

"⋯⋯케이타가 같이 안 타면 싫어."

유키나 선배가 당장이라도 울 것 같은 얼굴로 그렇게 말했다.

⋯⋯살짝 소리쳐도 되나?

유키나 선배 완전 귀엽잖아아아아아아!

그런 촉촉한 눈동자로 조르다니, 치사하다고! 평소에는 기대지 않으니까 엄청 기쁜데요!

좋아, 유키나! 오늘은 내 곁에서 떨어지지 말라고!

──라고 말할 용기는 없으니, 난 '좋아요'라고만 대답했다. 겁쟁이라 미안해요.

"약속이다? 꼭 옆에 있어야 한다?"

"알았어요. 약속할게요."

힘차게 대답하자 유키나 선배는 안도의 한숨을 내쉬었다. 너무 귀여워, 이 응석받이 녀석.

"유키나 선배. 갈까요."

난 말없이 끄덕이는 유키나 선배와 같이 쥬리 일행의 뒤를 쫓았다.

◆

롤러코스터 탑승장에는 긴 줄이 있었다.

이래저래 30분 정도 기다리니, 드디어 우리 차례가 왔다. 쥬리와 샤로가 선두에 앉고 나와 유키나 선배가 그 뒤에 앉았다.

안전바를 내리고 스탭의 안전 확인이 끝나자 롤러코스터는 움직이기 시작했다.

처음에는 천천히 움직여서 점점 위로. 그리고 정상을 지나면 단숨에 가속하여 내려가는 정석적인 코스다.

"샤로! 여기 롤러코스터는 격하게 오르락내리락하는 게 특징이랍니다!"

"크크크. 하늘과 땅이 따로 없는 죽음의 활주…… 실로 흥미롭군."

"기대됨다~!"

"그렇지~!"

앞에 앉은 둘은 꺅꺅대며 떠들고 있었다.

한편, 유키나 선배는 창백한 얼굴로 뭔가 꿍얼거리면서 중얼대고 있었다.

"후훗…… '잊혀진다 하여도 저는 괜찮습니다. 천지신명께 맹세한 당신의 목숨만이 그저 안타까울 뿐' ……후히힛!"

"설마 백인일수*로 릴랙스?!"

뭐야, 그 마음을 가라앉히는 방법은. 진정하는 방법이 독특한데.

웃는 것도 사이코 같고, 의미는 잘 모르겠지만 무서운 시를 읊고 있고…… 이미 한계인 것 같았다.

"유키나 선배. 괜찮아요. 제가 곁에 있으니까요."

"케이타…… 부탁이 있는데."

유키나 선배는 그렇게 말하고 조금 망설이면서 내 손을 잡았다.

"유, 유키나 선배?"

"……끝날 때까지 절대로 놓으면 안 된다?"

유키나 선배는 불안해하며 귓가에 속삭였다.

여느 때와 달리 솔직한 유키나 선배의 태도에 심장이 쿵쾅쿵쾅 강하게 뛰었다.

센스 있는 말이 떠오르지 않아, 나는 '알겠어요'라는 말

---

*100명의 시인의 시를 한 사람당 한 수씩 선별해놓은 것.

밖에 못 했다.

긴장해서 못 알아차렸는데 차량은 정상까지 와있었다.

이, 이건 분위기 좋은 거지…… 좋아하는 티를 낼 기회가 온 것 같은 예감이 들어!

어쩌면 비명을 지르는 중에 본모습이 툭 나오지 않을까. 놓치지 않도록 집중해야 해!

유키나 선배가 속마음을 마구 드러내는 걸 기대하는 사이에 차량은 중력을 떠올린 것처럼 낙하했다.

"나하하핫! 굉장하다~!"

"크크크! 바람이 소란스러워!"

앞의 두 사람은 즐기는 것 같은데…… 유키나 선배는 괜찮을까?

살짝 옆을 봤다.

"끼이이야아아아아아아아아악!"

와우! 엄청 절규하고 있어~!

유키나 선배는 긴 머리를 바람에 휘날리며 눈을 튀어나올 것처럼 크게 뜨고 있었다.

"싫어 싫어, 죽고 싶지 않아 죽고 싶지 않아! 죽을 때는 정말 좋아하는 인형에 둘러싸여서 죽고 싶어! 싫어 싫어, 이 높이에서 떨어지면 으깬 토마토처럼 '찰박' 하는 소리를 내면서 찌부러져서 죽을 거야! 싫어 싫어, 피투성이 시체가 되고 싶지 않아 깨끗한 그대로 죽고 싶어! 피맛 같은 건

알고 싶지 않아! 싫어 싫어, 죽고 싶지 않아! 케이타, 도와
줘, 끄, 기기기기이이…… 핫하하하! 플럼은 피마아아
앗……! 석양은 내장빛까아아알……!"

우와아아앗!

공포가 지나쳐서 유키나 선배가 망가졌다아아아!

"유키나 선배, 진정해요! 이런 걸로 안 죽으니까요!"

"케이타…… 네 피는 무슨 맛일까아아아아아?!"

"꺄아아아아아!"

유키나 선배의 표정과 언동이 너무 무서워서 나도 모르
게 절규했다. 이 놀이기구는 언제부터 유령의 집이 된 거
야. 완전히 호러잖아.

그 뒤에도 롤러코스터는 오르락내리락하길 반복했고,
유키나 선배는 그때마다 비명을 질렀다.

이윽고 속도를 떨어뜨린 차량은 멈췄다.

롤러코스터에서 내린 유키나 선배는 비틀거렸다.

"유키나 선배. 괜찮아요?"

"그 래. 난, 괜 찮 아. 살 아 있 어."

유키나 선배는 로봇처럼 무감정하게 그렇게 말했다. 아
이고~ 멘탈이 터졌잖아요…….

쥬리는 멍한 상태인 유키나 선배 옆에서 만족스럽게 웃
었다.

"나하하. 재밌었습다~. 다음은 프리 폴 타러 가죠!"

나왔다, 여전히 기능하지 못하는 눈치!

그걸 타면 유키나 선배가 승천해버리잖아!

"쥬리. 다음은 격렬한 거 말고 좀 더 차분하게 탈 수 있는 놀이기구를……."

"프리 폴은 저쪽이네요! 샤로, 갑시다!"

"샤로라고 하지 마! 응, 가자~!"

둘은 뛰어서 다음 놀이기구 탑승장으로 가버렸다. 말 좀 들어라, 애들아.

"유키나 선배. 우리는 다른 놀이기구 타요. 알겠죠?"

"나, 프리 폴, 탈 래. 모 두 와 함 께, 가 슴 이, 따 뜻 해 져…… 혹 시, 이 감 정 이 '즐 거 움'……?"

틀렸다. SF영화에 나오는 인간과의 교류를 통해 감정이 싹트기 시작한 로봇처럼 돼버렸어.

"이래서 괜찮을까……."

불안함밖에 안 느껴졌지만, 나와 유키나 선배는 프리 폴 탑승장으로 향했다.

【유키나 선배와 드리우는 암운(놀이공원 편3)】

그 후, 우리는 프리 폴, 워터 코스터를 이어서 탔다. 전부 급강하 놀이기구였고 상상했던 것보다 스릴이 있었다.

그리고 유키나 선배는……

"후후후…… 나, 살아있어…… 살아있다는 건 멋진 일이야…… 후후후."

보시는 바와 같이 완전히 망가져 있었다. 머리카락은 부스스했고 눈도 공허해서 미인 유키나 선배의 모습은 없었다.

……역시 이젠 한계겠지.

이대로라면 유키나 선배가 불쌍하다. 모처럼 다 같이 놀러 왔는데 혼자만 못 즐기는 건 좀 아니란 말이지.

"저기, 쥬리. 나랑 유키나 선배는 지쳤으니까 잠깐 쉴게. 넌 샤로랑 같이 놀아."

"에엥~! 케이타 선배도 쉬는 겁까?"

"응. 유키나 선배를 혼자 둘 순 없잖아."

"흐음…… 그런가요."

쥬리는 재미없다는 듯이 입술을 삐죽 내밀고 발치에 시선을 떨궜다.

뭐야, 지금 태도는…… 내 제안에 불만 있나?

쥬리는 넷이서 놀이공원을 즐기고 싶을지도 모르겠지만,

173

그러기 위해서는 유키나 선배를 쉬게 해줘야 한다. 그 점은 이해해줬으면 하는데…….

설득하려고 했을 때 쥬리는 불쑥 한마디 했다.

"……유키나 선배만 치사해요."

치사하다니…… 무슨 뜻이지?

쥬리의 말이 이해되지 않아 당황했다.

"저기, 쥬리. 나한테 뭔가 하고 싶은 말이 있으면——"

"얘, 샤로! 이번에는 유령의 집으로 가보는 검다!"

"크크크. 어디 큰마음을 먹고 고스트 헌터를 해볼까……
큭! 진정해라, 내 오른손……!"

쥬리는 나와의 대화를 끊고 샤로와 함께 가까이에 있는
놀이기구로 달려 가버렸다.

결국 쥬리는 무슨 말을 하고 싶었던 걸까?

평소에 사양 같은 걸 안 하는 애라서 조금 신경 쓰였다.

"……유키나 선배. 저쪽 벤치에서 쉬어요."

"그, 그렇네…… 우욱."

얼굴이 새파래진 유키나 선배의 손을 잡고 이끌어 가까
이에 있는 벤치까지 이동했다.

정신을 차리고 보니 놀이공원에 동경하는 여자아이와
단둘. 유키나 선배의 컨디션이 나쁘지 않았으면 엄청 기뻐
할 상황인데.

"우욱…… 케이타. 폐를 끼쳐서 미안해."

"아니에요. 곤란할 때는 서로 도와야죠. 그리고……."

"그리고?"

"전 유키나 선배와 단둘이 되어서 기뻐요."

"어?"

"아, 아니, 그러니까…… 그, 그냥 해본 말이에요~!"

분위기를 타고 본심을 털어놔 봤는데 생각보다 부끄러웠다. 지금 내 얼굴은 분명 새빨개져 있을 것이다.

난 웃음으로 얼버무렸다.

"아하하. 또 망상해버렸네. 선배가 컨디션이 좋았으면 곁누르기를 당했겠죠."

"케이타, 있잖아. 나도 케이타랑 단둘이 되어서, 기――"

"그렇지! 저 매점에서 마실 걸 사 올게요! 눈치 없어서 죄송해요!"

"아…… 고마워. 차를 사 올 수 있겠어?"

유키나 선배는 말을 머뭇거리다가 조금 쓸쓸하게 웃었다.

본모습을 드러낸 것도 아니고 부끄러움을 숨기는 것도 아닌 그 표정이 왠지 마음에 걸렸다.

"유키나 선배? 혹시 저한테 뭐 할 말 있나요? 차 말고 다른 것도 사 올까요?"

그렇게 물어보니 유키나 선배는 한순간 놀란 표정을 지었지만, 금방 진성S의 얼굴이 되었다.

"너한테 하고 싶은 말이라면 산더미처럼 있어. 변태. 쓰

레기. 엿보기범. 노출광. 물벼룩. 돼지. 쓰레기. 변태 인
간. 가슴 쪼물딱남. 발 할짝할짝 괴인. 팬티 도둑. 필명 '후
끈한 타이츠로 심호흡'——!"

"네, 스토오오옵! 그거 전부 욕이죠?!"

"너에게 하는 욕이 내가 하고 싶은 말이야. 그리고……
분위기 파악 못 하는 천연 덜렁이."

유키나 선배는 부드럽게 피식 웃었다.

"에? 분위기 파악 못하는……?"

다 죽어가는 유키나 선배가 쉴 수 있게 데리고 나왔는데
분위기 파악을 못 한다…… 무슨 소리지?

"모르겠으면 됐어. 빨리 차나 사 와."

"아, 네……."

나는 석연치 않은 마음으로 매점으로 향했다.

걸으면서 생각했다.

방금 유키나 선배의 진성S 발언은 평소에 하던 부끄러움
을 숨기는 행동이었을까. 즐겁게 웃으면서 독설을 내뱉는
일은 처음이라서 판단이 서질 않았다.

즐기고 있다면 다행인데…… 신경 쓰이는 점이 딱 하나
있었다.

유키나 선배는 아까 어떤 말을 하다가 말았다.

그건 뭐였을까. 욕을 나열하는 게 부끄러움을 숨기는 행
동이라면, 사실은 뭔가 다른 말을 하고 싶었을 것이다.

"사실은 무슨 말을 하고 싶었던 걸까……."

그러고 보니, 쥬리도 나한테 무슨 말을 하려고 했었는데.

저래 봬도 쥬리도 성격이 까다롭다. 그 자리에서 이야기를 잘 들어주면 좋았을지도 모르겠다.

"마음을 열고 있는 건 아마도 나뿐일 테고…… 미안한 짓을 했을지도 모르겠네."

매점에 도착한 나는 차 두 병을 샀다.

유키나 선배가 기다리는 벤치로 돌아가는 도중에 사건이 일어났다.

"잠깐! 가까이 오지 마!"

유키나 선배가 외치는 소리가 들려왔다.

"괜찮잖아. 언니, 남자친구 없지? 나랑 같이 놀자?"

"시, 싫어!"

"자자. 놀이공원에서 나가서 재밌는 거 하자?"

"힉…… 도와줘, 케이타!"

유키나 선배는 내 이름을 외쳤다.

이런! 유키나 선배, 헌팅 당하고 있구나!

유키나 선배는 헌팅에 트라우마가 있다. 분명 두려워하고 있을 것이다.

젠장…… 왜 혼자 둔 거냐, 난 바보야!

"유키나 선배! 지금 갈게요!"

난 유키나 선배가 있는 곳으로 달리기 시작했다.

【유키나 선배와 불꽃놀이 (놀이공원 편4)】

서둘러 벤치로 돌아가니, 유키나 선배 옆에는 금발 날라리가 앉아있었다.

귀에는 피어싱을 늘어뜨리고 있었고 목걸이도 주렁주렁 걸고 있었다.

"유키나 선배!"

말을 거니 유키나 선배의 표정이 환하게 빛났다.

"케이타!"

"엥~ 저거 뭐야? 남자친구 없는 거 아니었어?"

날라리는 일어서서 기분 나쁘다는 듯이 날 째려봤다.

"형씨. 얘 남자친구?"

물론 난 유키나 선배의 남자친구가 아니다.

하지만 여기서 남자친구가 아니라고 솔직하게 말하면 어떻게 될까?

분명 날라리는 나를 신경 쓰지도 않고 싫다고 거절하는 유키나 선배에게 끈덕지게 달라붙을 것이다.

문득 유키나 선배와 만났을 때를 떠올렸다.

그때 유키나 선배는 눈물을 글썽이며 비틀거리는 발걸음으로 모텔 거리에서 나왔다. 그리고 나를 봤을 때 '도와 줘!'라며 매달리듯이 말했다.

유키나 선배가 그렇게 겁에 질린 표정을 짓는 모습은 두 번 다시 보고 싶지 않았다.

……그렇다면, 내가 할 일은 정해져 있다.

유키나 선배.

당신을 지키기 위해 살짝 거짓말을 할게요.

"전 얘랑 사귀고 있어요. 제 여자친구한테 무슨 볼일 있나요?"

난 의연한 태도로 날라리에게 대답했다. 다리는 떨렸지만, 겁쟁이인 내가 한 것 치고는 잘했다.

잠시 후, 날라리는 갑자기 미안한 듯이 합장했다.

"진짜냐, 장난 아니네! 남자친구분, 미안해~! 그보다 진짜 장난 아니다~!"

"아…… 아니, 장난 아니라니…… 어?"

"아니 완전 장난 아니잖아! 언니, 남자친구 없다고 했잖아~! 그런 말을 들으면 헌팅을 기다리는 건가? 하는 생각이 든다고. 이야, 속았어~! 장난 아닌 짓을 당했어~!"

"장난 아닌 짓을 당해……?"

"난 보수적이거든! 남자친구 있는 애는 안 건드리지~. 난 그런 경박한 건 진짜로 용납이 안 돼. 만약 그런 날라리가 있으면 내가 뒤에서 장난 없이 날려버리지!"

애초에 보수적인 녀석은 헌팅 시도 자체를 안 한다고 생각한다만.

그보다 장난의 범용성이 너무 높잖아. 뒤에서 장난 없이 날려버린다는 건 또 뭐야. 무슨 짓을 할지는 모르겠지만, 그냥 기습 아닌가.

"여자친구분도 미안해! 장난 없이 기분 나쁘게 해서 미안했어!"

"어…… 이젠 괜찮아."

유키나 선배는 완전히 지친 얼굴로 그렇게 말했다. 날라리가 헌팅하는 동안에는 계속 이런 느낌이었을지도 모르겠다.

날라리는 '그럼 난 간다~!'라는 말을 남기고 인파 속으로 사라졌다.

위기가 지나가고, 나는 유키나 선배 옆에 앉았다. 주변은 완전히 어두워져 있었다.

"유키나 선배. 괜찮아요? 무슨 짓 안 당했어요?"

"응. 조금 짜증 나고 무서웠지만."

"죄송해요. 제가 곁에 있었으면 이런 일은……."

"바보구나. 케이타 때문이 아니야. 모든 걸 스스로 부담하지 마. 하인 주제에 건방져."

"아하하. 그렇네요."

"하지만…… 도와줘서 고마워."

"아니에요. 근데 솔직히 꽤 무서웠어요. 상대가 발끈해서 얻어맞지는 않을까 불안해서…… 죄송해요, 겁쟁이라서. 믿음직하지 못했죠?"

"그렇지 않아. 그…… 멋있었어."

유키나 선배는 가만히 나를 바라봤다. 볼은 빨갛게 물들어 있었고 어딘지 긴장한 것처럼 보였다.

평소라면 부끄러움을 숨기려고 꽁한 표정을 짓는 상황인데…… 오늘의 유키나 선배는 왠지 이상했다.

서로 마주 보니 말이 잘 안 나왔다.

침묵이 이곳을 지배하고 있었지만 심장 소리만은 뚜렷하게 들렸다. 고막 안쪽에서 들리는 고동이 시끄러웠다.

"있잖아. 내가 아까 말하려다 못한 말, 가르쳐줄게."

"말하려다 못한 말?"

"그래. '나도 케이타랑 단둘이 되어서 기뻐'라고 말하려고 했어."

"네? 저기, 그게 무슨…….."

"……이런 거야."

유키나 선배는 내 손 위에 자신의 손을 포갰다.

"유, 유키나 선배?"

"……난, 이런 때 말고는 솔직해질 수 없으니까."

유키나 선배의 부끄러워하는 표정에 넋을 잃고 말았다.

──살짝 소리쳐도 되나?

뇌리에 떠오른 항상 외치는 대사를 떨쳐버렸다.

이번에야말로 벽 너머가 아니다. 마음의 소리를 전하지 못해 몸부림치는 나날에 작별을 고하자.

괜찮아. 지금이라면 분명 말할 수 있을 거야.

유키나 선배가 나에게 용기를 줬으니까.

난 천천히 입을 열었다.

"저기! 저, 유키나 선배를 좋——"

뻐어어엉!

"우왓!" "햐앗!"

우리는 짧게 비명을 지르고 폭발음이 난 하늘을 올려다봤다.

밤하늘에는 커다랗고 선명한 꽃송이가 피어있었다. 하늘에 가득한 별의 반짝임도 희미해질 정도로 밝은 불꽃이었다.

흐드러지게 핀 밤하늘의 꽃을 수많은 빛이 지상에서 쫓아가 차례차례 꽃피우고는 덧없이 흩어져갔다. 불꽃은 큰소리를 내면서 어두운 캔버스를 다채로운 색깔로 물들여갔다.

불꽃이 잇따라 솟아올라 하늘을 수놓았다. 한순간 반짝이고는 어둠에 녹아들어 사라져갔다. 빨강, 파랑, 노랑, 보라, 초록—— 다채로운 빛깔의 꽃들은 여름 밤하늘에 피고지기를 반복했다.

문득 옆을 보았다. 유키나 선배는 온화한 표정으로 밤하늘을 보고 있었다.

"……예쁘네요."

"그래. 정말 예뻐."

유키나 선배는 불꽃을 올려다보면서 그렇게 말했다.

유키나 선배의 옆모습에 푹 빠져 있다가 중대한 사실을 떠올렸다.

아아아아…… 나 한창 고백하던 도중이었지……!

아, 아직 말할 수 있는 분위기지? 불꽃놀이를 보면서 고백하는 건 로맨틱하지?

좋아, 말하자! 반드시 말한다!

"유키나 선배. 잠깐 괜찮나요?"

"왜 그래?"

불꽃이 만발하는 밤하늘 아래서 우리는 서로를 바라봤다.

뭔가를 기대하는 듯한 유키나 선배의 눈동자는 빨려 들어갈 정도로 아름다웠다.

"케이타. 하고 싶은 말이 있지?"

유키나 선배는 볼을 빨갛게 물들이고 그렇게 물어봤다.

좋아. 아직 말할 수 있어. 유키나 선배도 기다려주고 있어.

난 주먹을 꽉 쥐었다.

"저, 저기…… 저, 유키나 선배를——"

"아~! 이런 곳에 있었네요! 어~이!"

쥬리가 손을 흔들면서 이쪽으로 달려왔다.

너어어어…… 오늘 정도는 분위기 파악 좀 해줘어어어!

끝났다. 이런 기회는 두 번 다시 없을지도 모른다.

낙담하고 있으니 유키나 선배가 살짝 귓속말했다.

"오늘 일은 둘만의 비밀이야…… 겁·쟁·이·씨."

유키나 선배는 손가락으로 아래 눈꺼풀을 끌어내리면서 혀를 내밀고는 쥬리가 있는 곳으로 걸어가기 시작했다.

귀까지 새빨갰다…… 뭐야, 저 사람. 수줍어할 때 너무 귀엽잖아. 빨리 내 아내가 되어주면 좋겠는데요.

"하핫…… 전혀 풀리질 않네."

결국엔 고백하지 못했다. 우리는 손 쓸 수 없을 정도로 서투르고 마음을 솔직하게 전하는 걸 잘 못하니까.

그래도 오늘 일로 또 거리가 줄어든 느낌이 들었다.

연애가 정말 서투른 우리는 앞으로도 이렇게 조금씩 앞으로 나아갈 것이다.

"케이타 선배."

달려온 쥬리가 말을 걸었다.

"여어, 쥬리…… 유키나 선배는?"

"……그렇게 유키나 선배가 신경 쓰여요?"

쥬리 치고는 드물게 많이 삐진 듯한 목소리였다.

"아니. 뭐, 신경이 쓰인다고 해야 하나……."

"샤로랑 같이 퍼레이드 보러 갔어요."

"그, 그렇구나."

"저기, 케이타 선배. 우리는 불꽃놀이라도 봐요…… 단둘이서."

쥬리는 비어있는 벤치를 가리켰다.

……뭔가 상태가 이상했다.

쥬리의 성격을 생각하면 아름다운 불꽃놀이보다 시끌벅적한 퍼레이드를 더 좋아할 것 같은데.

"가끔은 케이타 선배랑 느긋하게 얘기하고 싶어요……안 되나요?"

불꽃놀이가 터지는 하늘 아래서 쥬리는 오빠에게 응석 부리는 여동생처럼 졸랐다.

불꽃놀이 소리가 묘하게 소란스러웠다.

【유키나 선배와 사랑하는 소녀 (놀이공원 편5)】

나랑 느긋하기 이야기하고 싶다. 쥬리는 분명 그렇게 말했다.

묘하게 위화감이 느껴지는 제안이었다.

쥬리가 놀자고 조르는 일은 있어도, 이야기하고 싶다는 말을 한 건 처음이다. 뭔가 상담할 일이 있다고 해도, 이 타이밍에 꺼낼 리는 없다.

……왠지 불안해서 가슴이 두근거렸다.

"저기, 쥬리. 너 나한테 뭐 상담할 거라도……."

"일단 거기에 앉아요."

"으, 응……."

질문해도 가볍게 피해버렸다. 역시 쥬리의 상태가 이상했다.

나와 쥬리는 벤치에 앉아 불꽃놀이를 바라봤다.

밤공기를 떨리게 하는 불꽃놀이 소리에 쥬리는 손뼉을 치며 호들갑스럽게 놀랐다.

"오오~! 케이타 선배, 굉장해요! 예쁘네요!"

"……어어. 그렇네."

아름다운 불꽃놀이보다 쥬리의 이해 안 되는 행동에 신경이 더 쏠렸다.

퍼레이드에 가지 않고 나와 둘이서 불꽃놀이를 보는 의

도가 뭘까.

불꽃놀이는 다 같이 퍼레이드를 즐기면서 감상할 수 있는데…… 역시 의논할 일이라도 있는 게 아닐까? 그렇지 않으면 중대한 보고 같은 거라던가…… 예를 들면 갑작스럽게 전학을 가게 됐다던가?

생각해봐도 답은 나오지 않았다.

얼마 지나지 않아 유달리 큰 불꽃이 밤하늘로 사라졌다. 그 후로 불꽃은 올라오지 않았다.

주변은 고요함에 휩싸였다. 멀리서 들려오는 퍼레이드 음악이 유달리 시끄러웠다.

"아~. 끝나버렸네요."

"아쉽네. 좀 더 보고 싶었는데."

"……저랑 같이 있어도요?"

"어?"

갑작스러운 질문에 놀라 무심코 되물었다.

쥬리는 당황한 나를 무시하고 이야기를 이어나갔다.

"케이타 선배, 기억해요? 중학교 때, 제가 학생회실에서 고민 상담했을 때의 일."

느닷없는 화제전환에 당황스러운 마음은 더욱 커져갈 뿐이었다.

"아아…… 물론 기억하지."

당시에 쥬리는 교우관계 때문에 고민하고 있었다. 자신

의 본모습을 드러내면 성가시다고 여겨져 친구 무리에서 소외당하고 만다. 그래서 어쩔 수 없이 주위에 맞추고 있지만, 그게 너무 답답하고 괴롭다고 나한테 말했다.

나는 고민하는 쥬리에게 이렇게 대답했다.

『난 있는 쥬리가 자신을 감추지 않았으면 좋겠어. 성가셔도, 분위기 파악을 못 해도, 이러니저러니 해도 너랑 같이 있으면 즐거우니까. 적어도 나랑 같이 있을 때는 있는 원래 모습대로 지내줘』라고.

"그때 케이타 선배가 해준 말, 엄청 기뻤어요. 있는 그대로의 나를 받아주는 사람이 이렇게나 가까이에 있었구나 싶어서요. 그 말을 듣고 마음이 꽤 편해졌어요."

"하하. 뭐야, 갑자기 추억 얘기 같은 걸 하고."

"저, 케이타 선배랑 같이 있으면 즐거워요. 있는 그대로의 자신으로 있을 수 있고 거리낌 없이 응석 부릴 수 있고. 그래서 케이타 선배네 집에 쳐들어가거나 하는 거예요. 폐를 끼치는 일이라는 걸 알고 있어도, 날 받아주는 건 케이타 선배뿐이니까."

"폐가 된다는 생각은 전혀 안 했어. 신경 쓰지 마."

"케이타 선배 옆에 있으면 마음이 놓여요. 하지만……."

쥬리는 내 손을 살며시 잡았다.

여름의 더위 탓인지 쥬리의 손은 땀에 조금 젖어있었다.

"유키나 선배가 나타난 뒤로 왠지 답답해졌어요."

"……쥬리?"

"유키나 선배한테 케이타 선배를 빼앗긴다고 생각하면, 왠지 가슴이 아파요. 이거 봐요."

쥬리는 내 손을 자기 가슴의 계곡에 갖다 댔다.

"자, 잠깐만! 너, 무슨 짓을……!"

"제 가슴의 비명, 안 들리나요?"

쿵, 쿵.

귀보다 가까운 곳에서 심장 소리가 났다. 내 심장 소리인지, 쥬리의 고동인지 머리가 어질어질해서 잘 알 수 없었다.

"케이타 선배. 이 답답함의 정체는 뭔가요? 저, 이런 건 처음이에요."

답답함의 정체는 짐작이 간다.

하지만 겁쟁이인 나는 아무 말도 못 하고 그저 쥬리와 서로 마주보기만 했다.

침묵이 이어지자 인파가 있는 곳에서 수군거리는 소리가 들려왔다. 어째서인지 주위 사람들이 우리를 호기심에 찬 눈으로 보고 있었다.

잠깐 생각한 뒤에 나는 깨닫고 말았다…… 떨어진 곳에서 보면, 쥬리가 나에게 가슴을 만지게 하는 것처럼 보이는 것이다.

"지, 진정해 쥬리! 일단 내 손을 놔!"

"싫어요. 제 가슴의 외침을 잘 들어주세요."

"그건 말로 가르쳐줘. 주위에서 보면 내 손이 너의, 그…… 가, 가슴을 만지고 있는 것처럼 보인다고!"

"어쩔 수 없죠…… 좋아요! 만져도 OK에요! 그러니까 들어주면 좋겠어요!"

"어어어어이, 잘못된 각오를 다지지 마! 난 한 번도 만지게 해달라고 한 적 없어!"

"만지는 걸로는 안 되나요…… 그, 그럼 조금이라면 주물러도 괜찮아요!"

"그런 의미가 아니잖아?! 내 손을 놓으란 말이야!"

네 정조 관념은 어디로 간 거야? 죽은 거야?

지적하다가 지쳤을 때, 쥬리는 고개를 숙이고 시선만 위로 들어 나를 봤다.

"케이타 선배. 제가 모르는 걸 제대로 가르쳐주면 좋겠어요…… 안 돼요?"

쥬리는 볼을 빨갛게 물들이고 촉촉한 눈으로 졸랐다.

……살짝 소리쳐도 되나?

쥬리 너 완전 둔감하잖아아아아아아아!

고등학생이나 돼서 이제야 첫사랑이냐! 정신연령 대체 몇 살이냐! 애냐! 몸만 커져서는! 무의식중에 계속 두근거렸다고!

그리고 부주의하게 내 손을 가슴에 갖다 대지 마! 조금이라도 어긋나면 슴가에 닿잖아!

조심하라고, 쥬리. 옛날의 위인은 말씀하셨지. 가슴에는 남자의 꿈이 가득 차 있다. 다만, 한 번 만지면 꿈은 욕망으로 변한다고!

……지금 내 기분을 가르쳐줄까?

그래! 난 지금! 후배의 가슴을 만지고 싶다는 꿈으로 가득——.

"……케이타. 지금 뭐 하는 거지?"

뼛속까지 얼어붙는 차가운 목소리에 정신을 차렸다.

뒤돌아보니 빨간 귀신, 다시 말해서 유키나 선배가 딱 버티고 서있었다. 그 뒤에는 울상을 지은 샤로가 자신의 몸을 안고 덜덜 떨고 있었다.

"아, 아니, 유키나 선배! 이, 이건 말이죠…….."

"가슴 퍼레이드 다음에는 울끈불끈 불꽃놀이야? 더러운 불꽃으로 순진무구한 후배의 몸을 하얗게 더럽히려 하다니…… 발정기가 온 썩어 빠진 변태 고릴라 놈!"

"고릴라 성욕 아니야! 오해라고요! 애초에 이 상황은 쥬리가…… 그치, 쥬리! 내 탓이 아니지?!"

"케이타 선배! 가슴 주물러도 괜찮으니까 제가 모르는 걸 가르쳐주면 좋겠어요!"

너 인마아아아아아! 지금 상황에 '분위기 파악 못하는 능력' 발동이냐, 젠장!

이렇게 돼버리면 더 이상의 변명은 불가능. 분노 미터기가 터진 유키나 선배를 앞에 둔 나는 압도적으로 무력했다.

"케이타. 곁누르기, 삼각조르기, 가로누르기…… 어떤 놀이기구를 타고 싶어?"

놀이기구가 아니야. 굳히기 기술이라고.

그런 반론도 허용하지 않을 정도로 유키나 선배는 머리 끝까지 화가 나 있었다.

"케이타. 저세상에서 참회해!"

"자, 잠깐만요 유키나 선…… 꺄아아아아악!"

그 후, 나는 피겨 포 레그락에 걸린 뒤에 저먼 스플렉스로 마무리 일격을 받았다.

맙소사…… 유키나 선배, 프로레슬링 기술도 쓸 수 있다니, 체득 범위가 너무 넓잖아요. 진짜로 이종격투기 업계에 참전하면 좋을 텐데.

그 후에 정신을 잃은 나는 어떻게 집으로 돌아왔는지 기억나지 않았다.

정신을 차려보니 난 방에 있는 침대에 누워있었다. 어째서인지 반라에 로프에 묶인 상태였다.

잠깐만. 정신을 잃은 사이에 내 몸에 대체 무슨 일이 일어난 거지? 궁금했지만 유키나 선배에게 물어보는 건 무서웠다. 다음에 샤로한테 몰래 물어보자.

여러 일이 있었지만 유키나 선배의 폭력으로써 우리의

여름은 끝났다.

사랑의 파란을 약간 남겨두고.

【유키나 선배는 남자친구의 T셔츠를 입는 것을 동경한다】

즐거웠던 여름방학이 끝나고 2학기가 시작되었다.

아직 더위가 남아있는 10월 초. 일기예보에 따르면 최고 기온이 30도를 넘는다고 한다. 날씨는 쾌청하고 햇볕도 강하니 일기예보 누나가 '열사병 조심하세요'라고 말했다.

그런데 이 날씨는 대체 뭐냐.

하교하는 도중에 갑자기 큰 비가 내리기 시작했다. 이른바 게릴라성 호우라는 녀석이다.

일기예보를 굳게 믿었기에 접이식 우산조차 없었다.

하지만 다행히도 코앞에 편의점이 있었다. 난 편의점 안에 있는 의자에 앉아 커피를 마시며 비가 그치기를 기다리기로 했다.

20분 뒤, 아까 전까지 내리던 호우는 거짓말처럼 그치고 구름 사이로 햇볕이 내리쬘 정도로 맑아지기 시작했다.

다시 비가 내릴지도 모른다. 이 틈에 집에 가자. 난 편의점에서 나와 집으로 가는 걸음을 재촉했다.

공동주택에 도착해 방문에 손을 뻗었다.

문은 이미 열려있었다. 아마 유키나 선배가 와있을 거다.

현관에서 가죽신을 벗고 안으로 들어갔다.

"안녕하세요. 이야, 비가 엄청났어요. 유키나 선배는 안 맞았, 나, 요……!"

난 말문이 막혔다.

눈앞에는 쥬리가 서 있었다. 내 방의 샤워실을 빌려 썼는지 머리카락이 젖어있었다.

하지만 그건 아무것도 아니었다.

진짜 문제는 쥬리가 팬티 차림에 다른 의류는 몸에 걸치고 있지 않다는 점이었다.

자연스럽게 규격을 벗어난 가슴에 시선이 빨려 들어갔다. 실오라기 하나 걸치지 않은 무방비한 가슴은 압도적인 박력이 있었다.

가슴에서 생겨나는 수수께끼의 압력…… 뭐지 이건. 습압이라고 부르면 될까. 자연스럽게 머릿속이 가슴으로 가득 차버렷……!

가만히 쥬리의 가슴을 보고 있으니, 쥬리는 볼을 붉히고 후다닥 가슴을 가렸다.

"아, 안 봤으면 함다~!"

"그렇겠죠, 죄송합니다~!"

난 황급히 뒤로 돌았다.

……이 상황, 꽤 위험하지 않아?

뒤에는 거의 나체나 다름없는 쥬리가 있다. 그렇게 생각한 것만으로도 얼굴이 확 뜨거워졌다.

의식한 적은 없는데 쥬리의 몸매는 화보집을 찍는 아

이돌 같았다. 그냥 가슴만 큰 게 아니라 잘록한 부분도 있었다. 동안이지만 몸매는 어른의 몸매였다.

쥬리를 상대로 가슴이 두근거리는 것은 놀이공원에서 쥬리가 접근해온 뒤부터일까.

눈을 감으니 전에 쥬리가 했던 말이 반라 상태의 쥬리가 하는 말이 되어 머릿속에서 재생되었다.

'케이타 선배. 제가 모르는 걸 가르쳐주면 좋겠어요······ 안 돼요?'

안될 것 있겠냐. 지금부터 오빠가 실천해서── 아니, 아니지, 아니지! 난 유키나 선배 일편단심이야! 쥬리의 가슴 따위에 질까 보냐!

"······케이타 선배, 너무 쳐다봐요. 색골. 호색한. 변태. 가슴 성인. 에로 대왕."

등 너머로 매도당했다. 뭐라 할 말이 없습니다.

"미안, 잘못했어. 설마 쥬리가 샤워하러 와있을 줄은 몰랐어."

"그게······ 갑자기 케이타 선배를 보고 싶어져서, 와버렸어요."

"그, 그렇구나······ 아하하."

난 메마른 웃음을 지으며 얼버무릴 수밖에 없었다.

여름방학 전이라면 '어쩔 수 없네. 놀다 갈래?' 하며 웃으면서 말할 수 있었다. 그때는 쥬리가 단순히 심심해서 온다고 생각했으니까.

하지만 지금은 아니다. 그 이상의 의미가 있다는 것을 알고 있다.

언제나처럼 장난을 치며 놀 수가 없어서 조금 근질근질했다.

"케이타 선배. 멋대로 샤워해서 죄송함다."

"비가 그렇게 내렸으니까 어쩔 수 없어. 옷을 안 갈아입으면 감기 걸릴 거고."

"……교복이 마를 때까지 케이타 선배의 옷을 빌려도 될까요?"

"물론. 옷장에서 적당히 꺼내."

"감사함다."

부스럭부스럭 옷장을 뒤지는 소리가 났다.

잠시 후, 쥬리가 '이쪽 봐도 괜찮아요'라고 말했다.

뒤돌아보니, 쥬리는 내가 평소에 입는 티셔츠를 입고 있었다. 색은 검은색이고 가슴팍에 영어가 프린팅되어 있었다.

당연하게도 사이즈는 맞지 않았다. 헐렁헐렁해서 쥬리의 엉덩이까지 폭 가리고 있었…… 응?

어, 잠깐만.

티셔츠 아래에 아무것도 안 입고 있는 거 아냐?

"쥬리. 너, 바지는?"

"네? 안 입었어요. 그래도 팬티는 안 보이니까 괜찮지 않을까요?"

"괜찮을 리가 없잖아! 지금 당장 입어!"

"엥~. 더워서 싫습다."

왜냐고. 가슴을 보는 건 안 되는데 팬티는 된다는 건 어떻게 되먹은 정조 관념이냐.

내가 기가 막혀 보고 있으니,

"꺄아아야아아아아아악!"

세면장에서 여자의 비명이 들려왔다…… 그보다 누구야, 세면장에 있는 녀석은! 너네, 내 방을 너무 멋대로 쓰는 거 아니야?!

"쥬리! 이 방에 우리 이외의 인간이 있어!"

"아, 지금 비명 말인가요? 유키나 선배예요. 교대로 머리를 말리고 있습다."

"어?"

그러고 보니 문의 잠금장치가 열려있었다. 쥬리는 내 방의 스페어키를 가지고 있지 않으니, 유키나 선배가 열었다는 뜻이다.

"그렇구나, 유키나 선배가 있었구나…… 아니, 납득할 때가 아니지! 엄청난 비명이었다고!"

"나하하. 새끼발가락이라도 찧은 걸까요~?"

"태평한 소리 하네!"

내가 딴지를 거니 쥬리는 입술을 삐죽 내밀었다.

"케이타 선배, 또 유키나 선배 얘기가 나오니까 필사적이네요……."

"뭐어? 딱히 그렇지는…….''

"으~, 뭔가 재미없슴다! 케이타 선배! 저도 신경 써줬으면 좋겠슴다!"

"야, 야! 달라붙지 마!"

쥬리를 떼어내고 있을 때 세면장의 문이 힘차게 열렸다.

"케이타아아아아! 바퀴벌레 나왔어어어어어어어!"

유키나 선배는 꾸밈없는 목소리로 외치면서 울먹이며 나에게 왔다.

옷은 아직 안 말랐는지, 유키나 선배는 하얀 속옷 차림이었다…… 속옷 차림?!

지적할 새도 없이 유키나 선배가 매달렸다.

"케이타, 무서워! 퇴치해줘!"

"잠깐만요, 진정해요! 우선은 옷을 입고……."

"으에에에엥! 바퀴벌레 무서워어어어!"

말캉.

말캉말캉.

유키나 선배는 내 허리에 손을 두르고 밀착해왔다.

샤워 직후라서 그런 걸까. 유키나 선배의 몸, 정말 따뜻해.

뒤늦게 샴푸 냄새를 맡았다. 나랑 똑같은 샴푸를 썼을 텐데 왜 엄청 좋은 냄새가 나는 거지?

"유키나 선배~. 바퀴벌레 잡았어요~."

내가 쩔쩔매는 사이에 쥬리가 맨손으로 바퀴벌레를 잡았다.

드르륵. 휙.

쥬리는 창문을 열어 바퀴벌레를 놓아주었다.

그 모습을 지켜본 유키나 선배는 안도의 한숨을 쉬었다.

"후우…… 살았다……."

"저, 저기. 유키나 선배."

"왜 그래, 케이타. 얼굴이 새빨간데? 또 감기 걸렸어?"

"아뇨. 그게 아니라…… 그, 옷이……."

"옷? 옷이라니 무슨 소리야…… 에에에엣!"

자신이 속옷만 입은 상태라는 걸 깨달은 유키나 선배는 얼굴이 확 빨개졌다.

"무, 무무무무슨……!"

"자, 잠깐만요! 이번에는 제 탓이──"

"가까이 오지 마! 이 에로 차슈!"

"헤붑!"

난 유키나 선배에게 따귀를 맞고 그 자리에 쓰러졌다.

"왜 때리는 거예요! 저 아무 잘못도 안 했잖아요?!"

"시끄러워! 죽어! 돼지!"

콱콱!

퍽퍽!

유키나 선배는 쓰러진 나를 밟고 찼다.

크윽! 평소엔 유키나 선배가 니삭스를 신지만 맨발에 밟히는 것도 꽤나 느낌이 있어서—— 끄헉!

유키나 선배는 내 얼굴을 차고 '나 이제 갈래!'라는 말을 남기고 분주하게 방을 떠났다. 옆집이라고는 해도 속옷 차림으로 밖에 나가는 건 좋지 않다고 생각했지만, 주의할 틈도 없었다.

"아~…… 케이타 선배, 괜찮습까?"

쥬리가 걱정스럽게 내 얼굴을 들여다봤다.

"아…… 응, 괜찮아. 쥬리는 머리 말리고 와."

"그렇지만……."

"괜찮아. 저래 봬도 유키나 선배는 힘 조절을 하고 있으니까."

"그, 그런가요? 그럼 고맙게 쓸게요."

쥬리는 아직 불안해하는 것 같았지만 일단 세면장으로 갔다.

좋아. 방해꾼은 사라졌다. 이제 '그 시간'을 만끽할 수 있다.

나는 방구석으로 이동해서 벽에 귀를 딱 붙였다.

그러자 옆방에서 목소리가 들려왔다.

『저질러버렸어…… 또 저질러버렸다고오오오오!』

왔다~! 유키나 선배의 절대적 헤롱헤롱 타임이다~!

오랜만입니다아아아아! 후우우우~!

『케이타는 아무 잘못도 없는데…… 아아, 정말! 난 바보야! 부끄럽다고 사람을 차면 안 돼, 절대로!』

아뇨아뇨. 유키나 선배, 걱정하지 마세요. 부끄러워서 그러는 거 다 아니까요.

『하지만 오늘은 불만도 있어…… 쥬리! 왜 케이타의 티셔츠를 입고 있었던 거야! 여자친구가 남자친구의 티셔츠를 입고 사이즈가 안 맞는 느낌을 너무 많이 냈잖아! 치사해! 나도 케이타의 티셔츠 입고 싶어! 「이거 봐, 케이타. 에헤헤, 티셔츠가 헐렁헐렁해」라면서 커플 놀이하고 싶은데~!』

쿵쿵!

옆방에서 몇 번이나 바닥을 차는 소리가 났다. 분명 유키나 선배가 발을 굴렀을 것이다.

……살짝 소리쳐도 되나?

유키나 선배 완전 귀엽잖아아아아아아아!

헐렁헐렁한 내 티셔츠를 입고 싶었던 거냐! 닭살 커플 놀이를 하고 싶었던 거냐! 나도 그거 하고 싶어, 유키나 선배!

잠깐 망상하게 해줘!

'유키나. 티셔츠밖에 안 입은 것처럼 보이는데, 바지 입

었어?'

'……볼래?'

'어, 아, 아니…….'

'장난 좀 쳐봤어. 반바지 입고 있습니다~. 아쉽네요~! 케이타는 변~태!'

'이~녀~석~! 놀리지 마~!'

'아하핫! 잠깐만! 그만 간지럽혀!'

이러는 건 어때요?! 이런 느낌으로 닭살 커플 놀이를 하고 싶어요!

──라고 외치면 유키나 선배한테 들리니, 나는 마음속으로만 외쳤다.

『쥬리, 왠지 요즘 케이타한테 어필하는 느낌이 들어…… 안 질 거라고!』

유키나 선배는 투지를 불태우고 있었지……만, 말투가 너무 귀여워서 훈훈했다.

이래서 유키나 선배는 미워할 수 없다.

"유키나 선배…… 혹시 쥬리에게 생긴 이변을 알아차렸나요?"

벽 너머에 있는 유키나 선배에게 물어봤다.

물론 정말로 들리면 곤란하니 작은 소리로.

【유키나 선배와 고속 가슴】

학교에서 집으로 돌아오니 교복 차림의 유키나 선배가 있었다. 이젠 완전히 익숙한 광경이다.

"안녕하세요, 유키나 선배."

언제나처럼 말을 걸었지만 어쩐지 느낌이 이상했다.

유키나 선배는 진지한 얼굴로 나를 가만히 보고 있었다.

"무, 무슨 일 있어요?"

"……케이타. 나한테 뭐 숨기는 거 없어?"

"네? 아니 딱히 없는데."

"정말? 뭔가 있지? 그, 예를 들어서 후배랑 둘이서 몰래 이야기했다던가……."

"후배랑 몰래 이야기…… 아!"

혹시 유키나 선배는 내가 쥬리랑 불꽃놀이를 본 것에 대해 말하고 있는 건가?

그야 당연히 숨기지. 쥬리가 나한테 특별한 감정을 품고 있다는 걸 말할 수 있을 리가 없다.

"뭐야, 그 반응은. 역시 숨기는 게 있구나? 요즘 이상하게 변태 같은 얼굴을 하고 있다 싶었어."

"그거 제가 뭔가 숨기고 있다는 근거가 안 되는데요……."

애초에 변태 같은 얼굴이라는 게 뭐야. 얼굴에 드러날 정도로 성욕을 주체하지 못하고 있진 않아.

"하인. 심문 시간이야. 무릎 꿇고 앉아."

"말 안 해요. 숨기는 일이라기보다는 다른 사람의 사생활에 관련된 사안이니까……."

"됐으니까 앉아. 이 고릴라 우끼우끼 케이타!"

퍽퍽.

유키나 선배는 내 다리를 찼다. 네이밍 센스가 초등학생이잖아.

"아니, 그만 차세요."

"알았어. 밟아줄게."

"그런 뜻이 아니거든?!"

"사실은 좋으면서. 구제 불능인 변태구나. 됐으니까 무릎 꿇고 똑바로 앉아."

왜 욕을 먹어야 하냐고…… 확실히 요즘에는 유키나 선배의 굳히기·발기술에 조금 중독되기 시작했지만!

"하아. 알았어요. 앉을게요."

난 마지못해 그 자리에 무릎 꿇고 앉았다.

"그럼 질문할게. 케이타, 요즘 쥬리랑 사이가 좋지. 무슨 일 있었어? 아니, 이건 그거다? 관심이 있는 건 아니다? 난 그저 하인을 관리하는 차원에서 교우관계를 알아두고 싶어서 물어보는 것일 뿐이야. 말하자면 이건 일과 똑같은 거야. 아니, 의무 같은 것이지. 다시 말해서, 어쩔 수 없이 물어보고 있는 거야. 절대로 케이타와 쥬리의 관계가 신경 쓰이는 게 아니야. 알았어? 착각하면 말살해버린다?"

유키나 선배는 엄청 빠르게 그렇게 말했다. 변명을 너무 못해서 눈물이 났다.

하지만 곤란하게 됐다.

그날의 일은 유키나 선배에게는 말할 수 없다. 쥬리의 마음도 고려하지 않고 다른 사람에게 해도 좋을 이야기가 아니라고 생각한다.

난 떳떳하지 못한 마음을 느끼며 시치미를 떼기로 했다.

"그, 그런가요? 뭐, 옛날부터 알고 지냈으니까 사이는 좋다고 생각하는데요."

"…………빠아아아아아아안~~~."

"의심의 눈초리가 끈덕져! 아니, 진짜로 아무것도 없다니까요!"

"거짓말하시네. 그럼 전에 쥬리가 케이타의 티셔츠를 입고 있었던 건 어떻게 설명할 거야? 그건 마치, 그…… 커플 같았어."

유키나 선배는 삐진 듯한 말투로 그렇게 말했다.

그러고 보니, 유키나 선배는 '나도 케이타의 티셔츠 입고 싶어! 닭살 커플 놀이하고 싶어!'라고 말했었지.

설마…… 나랑 쥬리가 진짜 닭살 커플이라고 의심하고 있는 건가?!

"아니에요, 유키나 선배! 저랑 쥬리는 선후배 관계에요!"

"그럼, 쥬리가 네 티셔츠를 입고 있던 건 어떻게 설명할 거야?"

"그 녀석이 제 티셔츠를 입고 있었던 건 자기 교복이 마를 때까지 입을 옷이 없었기 때문이에요. 그 왜, 그날 비가 왔었잖아요."

"그, 그래? 정말?"

"네. 정말이에요."

"다행이다아……."

유키나 선배는 안도의 한숨을 푹 쉬었다.

뭐야. 역시 나랑 쥬리가 사귀고 있다고 착각하고 있었던 건가.

"후후후. 유키나 선배가 질투해주다니, 행복해라…… 아."

큰일이다아아아! 무심코 본심을 말해버렸다아아아!

쭈뼛쭈뼛 유키나 선배의 표정을 살폈다.

아아, 이마에 혈관이 살짝 튀어나와 있어! 이건 발기술 확정 코스잖아!

"케이타. 지금 누가 질투한다고 한 거야?"

"저기…… 유키나 선배가, 요."

"잘못 들은 게 아니었나 보네. 망상과 현실을 혼동하지 말아 줄래?"

"그건…… 그, 그렇지만! 유키나 선배가 질투해주면 기쁜데요, 저는!"

꺄아아아아아!

발끈해서 이상한 소리를 해버렸다아아아!

"지, 질투 안 한다고 말했잖아!"

탁!

난 유키나 선배에게 밀려서 엉덩방아를 찧었다.

"아야야…… 갑자기 뭐 하는 거예요! 위험해요!"

항의한 순간 나는 깨달았다.

유키나 선배는 이미 부끄러움을 숨기려고 진성S 모드에 돌입했다는 사실을.

"까부는 시궁쥐를 조교 하기 위해 밀친 거야."

"조, 조교?"

"그래. 이런 느낌으로 말이야!"

유키나 선배는 내 상반신—— 허리보다 조금 윗부분에 걸터앉았다. 이른바 마운트 상태다.

이, 이 자세는…… 여자애한테 정복당하고 있는 듯한 굴욕이 느껴져!

유키나 선배 녀석. 또 내가 모르는 페티시즘으로 가는 문을 열게 만들려는 건가.

"유, 유키나 선배. 대체 무엇을…….."

"뻔하잖아…… 아니, 오히려 이제부터 걸 테지만."

유키나 선배는 몸을 재빠르게 밀착시켰다. 부드러운 감촉과 체온이 직접적으로 전해져 왔다.

마운트 상태로 포옹 공격…… 이, 이렇게 발칙할 수가! 유키나 선배, 보아하니 오늘 밤은 날 재우지 않을 작정이 구나?!

유키나 선배는 변태 같은 망상으로 머리가 가득 찬 내 귓가에 속삭였다.

"처벌을 시작할게. 잔뜩 아프게 해줄게."

"에? 그게 무슨……?!"

확.

유키나 선배는 내 어깨 아래로 손을 집어넣고 반대쪽 팔로 내 팔꿈치 관절 부분을 사이에 끼우듯이 조였다.

"이건 어때?"

말캉.

유키나 선배는 내 얼굴에 가슴을 밀어붙였다. 두 개의 부드러운 과실이 내 얼굴을 부드럽게 감쌌다.

오, 오흐으으…… 이건 우리 남자들의 꿈, 가슴 샌드위치. 우연한 에로스의 신에게 사랑받는 자만 누릴 수 있는 엑스터시 기프트……!

마시멜로 천국에 압도된 나를 아랑곳하지 않고 유키나 선배는 차가운 목소리로 한마디 했다.

"디 · 엔드야."

유키나 선배는 중심을 이동하여 내 오른팔을 조이고 있는 방향으로 온 체중을 실었다.

찌릿찌릿찌릿!

그 순간, 뼈가 삐걱대면서 날카로운 전류가 흘렀다.

"꺄아아아아아! 뭐야 이거, 아파아아아!"

"세로누르기의 일종이야. 기본형은 목에 걸지만, 이건 팔에 거는 기술이야."

"해설 필요 없어! 빨리 이거 풀어!"

"어머나, 건방지구나. 체중을 좀 더 실어볼까."

찌릿찌릿찌릿찌릿!

"응갸아아아아!"

"좋은 목소리로 우는구나. 마치 아기가 배고프다고 우는 것 같아."

유키나 선배는 '큭큭. 주인을 보고 꺅꺅대며 울다니, 어리광쟁이 하인이야'라며 웃었다. 아니, 꺅꺅대며 안 울었어! 지금 비명은 생명의 위험에 대한 발로라고!

"파, 팔이 찢어져버려어어어어! 그만 해요, 유키나 선배애애애애!"

"그거 큰일이구나. 그러나 거절한다!"

"이 악마 녀서어어억! 이거 진짜로 위험하다니까요!"

"그럼 자력으로 빠져나가면 되잖아."

"아니, 무리잖아!"

유키나 선배는 유도를 했을 적에는 현에서 유명한 선수였잖아? 문외한인 내가 날뛴다고 해도 이 굳히기에서 탈출할 수 있을 거라는 생각은 안 들었다.

"못 해? 근성 있는 남자인 줄 알았는데, 한심하네. 그래도 내 하인이야?"

울컥.

지금 말은 아무래도 흘려들을 수 없다. 나한테도 자존심이 있단 말이다.

"할 수 있어요, 예! 탈출하죠! 하인의 역습이다!"

"후훗. 그래야지."

유키나 선배는 신난다는 목소리로 웃었다.

……말은 그렇게 했지만, 나에겐 대책이 없었다.

시험 삼아 몸을 움직여봤다. 하지만 압박당한 오른팔의 관절과 근육이 아파서 몸에 힘이 안 들어갔다. 하반신의 압박은 약간 약했지만, 유키나 선배를 밀어낼 수 있을 정도는 아니었다.

오른팔과 하반신을 움직이는 건 무리.

그렇다면 자유롭게 움직일 수 있는 건 왼팔과 얼굴 정도인가.

……얼굴?

내 얼굴에는 유키나 선배의 가슴이 얹혀있다.

생각이 번뜩였다…… 이걸 이용하지 않을 순 없지!

"유키나 선배, 받아라아아아!"

도리도리도리도리!

난 고속으로 얼굴을 좌우로 움직였다.

가슴이 얼굴에 얹힌 상태로 안면 고속운동을 일으키면 어떻게 될까.

결과—— 가슴도 고속으로 움직인다!

탱글탱글탱글탱글탱글탱글!

내 얼굴의 움직임에 맞춰서 유키나 선배의 가슴도 고속으로 흔들렸다.

마침내 발동하고 말았다…… 금기를 파괴하는 '고속안면 π운동'을.

"햐앙!"

유키나 선배는 귀여운 비명을 지르고 확 물러섰다.

승리를 확신한 나는 일어나서 웃었다.

"흐하하하! 어떤가요, 유키나 선배! 특기인 유도 기술이 시시하고 바보 같은 기술로 깨진 기분은!"

스스로도 '난 바보구나'라는 자각은 있다! 흐하하하하!

후후후. 이제 유키나 선배도 날 다시 보게…… 어라?

유키나 선배는 눈물을 글썽이며 고개를 숙인 채로 눈을 치뜨고 날 째려보고 있었다. 얼굴도 귀도 빨갛다.

"저, 저기…… 유키나 선배?"

"……좀 더 살살 해줬으면 했는데."

"에?"

"케이타는 바보야! 여자애를 거칠게 다루면 안 된다고!"

"아, 잠깐!"

원래 목소리로 소리친 유키나 선배는 내 제지를 뿌리치고 방에서 나가버렸다.

혼자가 되어 냉정함을 되찾은 나는 죄악감 때문에 죽을 것 같았다.

"난 여자의 가슴에 얼굴을 파묻고 무슨 짓을 한 거냐……."

뭐가 고속안면 π 운동이냐. 상스럽기 그지없네.

"다음에 사과해야겠어……."

나는 반성하면서 여느 때처럼 벽에 귀를 딱 붙였다.

『저질러버렸어…… 또 저질러버렸다고오오오오!』

옆방에서 유키나 선배가 외치는 소리가 들려왔다.

『또 군히기를 걸어버렸어…… 케, 케이타가 나쁜 거야! 내가 질투해서 기쁘다고 말하니까. 기분 좋아지잖아. 바보.』

미안해요, 유키나 선배.

하지만 진짜예요.

『오늘 케이타는 너무 변태 같았어. 내 가슴에 얼굴을 비비다니…… 그렇게 거칠게 다루면 좀 싫은데. 내 몸을 좀 더 부드럽게 다뤄주면 좋겠어…… 아니, 바보야! 무슨 망상을 하는 거야! 그런 건 사귄 다음에 해야지!』

유키나 선배는 '케이타의 변태가 옮았어! 난 변태가 아니야!'라며 필사적으로 내 탓을 했다.

……살짝 소리쳐도 되나?

유키나 선배 완전 귀엽잖아아아아아아!

거친 거 싫었죠! 정말 미안해요! 다음에 다시 사과할게요!

그건 그렇고 맹점이었어…… 부드럽게 하면 괜찮았던 거냐! 소프트 터치라면 마음대로 가슴을 만질 수 있는 거냐!

마지막으로 이 말만 하게 해줘…… '난 변태가 아니야!' 라는 말, 뭔가 확 와닿아!

──라고 외치면 유키나 선배에게 들리니, 나는 그 자리에서 버둥버둥 몸부림칠 수밖에 없었다.

『케이타도 야한 망상을 할까?』

유키나 선배는 부끄러워하는 목소리로 그렇게 말했다.

이래서 유키나 선배는 미워할 수 없다.

"유키나 선배. 사춘기 남자는 다 하고 있어요."

벽 너머의 소녀다운 유키나 선배에게 남고생의 실정을 가르쳐줬다.

물론 정말로 들리면 곤란하니 작은 소리로.

【유키나 선배는 여자의 눈물에 약해 (메이드 카페 편1)】

어느 일요일 오전의 일이다.

근처 편의점에서 집으로 돌아오니 방에 유키나 선배가 있었다. 위에는 얇은 셔츠를 걸치고 있었고 아래에는 미니스커트와 니삭스를 신고 있었다.

유키나 선배는 침대에 걸터앉아 다리를 꼬고 책을 읽고 있었다.

난 편의점 봉투를 테이블에 두고 말을 걸었다.

"안녕하세요, 유키나 선배. 뭐 읽고 있어요?"

"이거야."

유키나 선배는 책등을 보여줬다.

책의 제목은 '세계의 고문 기구'였다. 평범한 여고생에게는 필요 없는 지식이었다.

"또 엄청난 책을 읽고 있네요…… 관심 있어요?"

"그래. 하인에게 고통을 맛보게 해주는 공부를…… 에헴. 역사를 배우기 위해 읽고 있는 거야."

"고쳐 말하기 전의 불온한 말이 전부 다 들렸는데요."

덧붙여 지적하자면, 역사를 배우는 창구도 잘못됐어.

"그런 말 하면서 기대하는 눈빛을 보내지 않으면 좋겠는데? 여전히 욕심 많은 돼지구나."

"불안한 눈빛으로 보고 있는데요……."

"말대꾸하는 거야? 건방지구나. 그렇게 차이고 싶어?"

퍽퍽.

유키나 선배는 내 정강이를 찼다. 틀렸다. 말이 안 통해.

유키나 선배의 불합리한 행동에 기막혀하고 있으니 인터폰이 울렸다. 내가 나가기 전에 현관문이 열렸다.

"크크크. 사안왕 샤롯이다. 실례하겠다."

"앗, 샤로. 어서 와."

"샤로라고 하지 마! 실례합니다~!"

샤로는 힘차게 대답하고 신발을 벗고 이쪽으로 종종거리며 달려왔다. 안정적인 귀여움이다.

"크크크. 오늘은 권속을 마와 광란의 연회에 초대하려고 하는데."

"마와 광란의 연회? 유키나 선배, 해석할 수 있어요?"

"고문 파티를 말하는 거야?"

"위험한 책을 너무 많이 읽었어요. 고문에서 벗어나세요."

샤로가 그런 무서운 지하 연회에 아무렇지도 않게 초대할 리가 없잖아.

"샤로. 마와 광란의 연회라는 게 뭐야?"

"샤로라고 하지 마! 크크크. 이 몸은 이 연회에 참가해보고 싶은 것이다."

샤로는 빠르게 스마트폰을 조작해 우리에게 화면을 보여줬다.

"이건…… 메이드 카페?"

스마트폰 화면에는 검은 메이드복을 입은 여자아이들의 사진이 찍혀 있었다. 마침 테이블 석에서 접객하고 있는 장면이었다.

"크크크. 역 앞에 자리 잡은 이 메이드 카페에는 마력이 팽배하여 가득……한 느낌이 없는 것도 아니라고."

"그러니까 재밌어 보이니까 가고 싶다고?"

"응!"

샤로는 기운차게 고개를 끄덕였다. 천진난만하네.

"유키나 선배. 어때요?"

"난 딱히 관심 없는데."

유키나 선배가 그렇게 말하자 샤로는 눈물을 보였다.

눈물이 그렁그렁한 눈과 떨리는 작은 몸은 왠지 모르게 치와와를 연상케 했다.

"그러지 말고오~. 같이 가자아~, 유키나아~."

"그, 그렇다고 울 건 없잖아."

"안 울거든…… 흐에에엥."

"목소리는 완전히 울고 있는데?!"

"흐에에엥…… 크크크. 이 몸은 사안왕. 어차피 고독한 몸이었다. 벗과 연이 없는 천애고독의 길을 걷는 것이다…… 훌쩍."

샤로는 뭔가 어려운 말을 하면서 울었다.

정확한 의미는 모르겠지만, 아마 '어차피 난 외톨이인 걸……'이라며 주눅이 들었을 것이다.

"아~. 유키나 선배가 울렸다~."

"어?! 나 때문이야?!"

"유키나 선배가 메이드 카페에 가고 싶지 않다고 말해서 그런 거예요."

"안 그랬어! 관심 없다고 말했을 뿐이지."

"어? 그럼 같이 가는 거야?"

샤로는 기대를 담은 눈동자로 유키나 선배를 봤다.

그 대단한 유키나 선배도 여자아이의 눈물에는 약했다.

"아, 알았어. 갈게."

"정말?!"

"그래. 진성S는 두말하지 않아."

"와~! 유키나 고마워!"

"후후후…… 오늘 밤은 보름. 나도 마력의 그릇을 충만하게 채우고 싶었던 참이야."

유키나 선배는 샤로의 중2병에 맞춰주며 당당하게 웃었다. 친척 아이를 잘 돌보고 달래주는 사촌 누나냐.

아무튼 샤로가 울음을 그쳐서 다행이다. 이제 셋이서 사이좋게 외출을 할 수 있다.

"오케이. 그럼 지금부터 갈까?"

내가 그렇게 말하자 둘은 고개를 끄덕끄덕 끄덕였다.

◆

그리하여 우리는 역 앞에 있는 메이드 카페를 찾아왔다.

메이드 카페는 주상복합 건물 뒤쪽으로 돌아서 계단을 올라간 곳에 있었다. 바깥에서 메이드 분이 전단지를 나눠 주지 않으면 모를만한 장소였다.

입구 앞에서 샤로는 안대에 손을 댔다.

"크크크. 내 오른쪽 눈이 욱신대는군. 이 문에서는 마계의 독기가 새고 있는 것 같군."

"응, 응. 그렇네. 그럼 안으로 들어갈까?"

"오~! 빨리, 빨리!"

난 샤로를 귀여워하면서 입구의 문을 열었다.

그러자 메이드 한 분이 웃는 얼굴로 맞이해 주었다.

"다녀오셨어요! 주인님! 아가씨!"

구김살 없고 만면 가득한 웃음을 보고 나도 모르게 환하게 웃었다.

"저기, 세 명인데요."

"알겠슴다~!"

메이드 분은 웃는 얼굴로 그렇게 말했다…… 응? 알겠 '슴다' 라고?

뭔가 귀에 익은 어미인데…… 기분 탓인가?

난 메이드 분을 찬찬히 봤다.

가는 다리를 감싸는 하얀 니삭스. 핑크색을 기조로 한 메이드복은 미니스커트라서 하얗고 탱탱한 허벅지가 드러나 있었다.

메이드복은 가슴이 강조되는 디자인이었는데, 가뜩이나 이 메이드 분은 가슴이 컸다. 그녀의 행동에 맞춰서 양 가슴에 열매 맺은 과실이 탱글탱글 흔들렸다.

머리카락은 갈색 숏 보브컷이었고 작은 동물처럼 동글동글한 눈이 인상적이었다.

얼굴은 어린 티가 조금 남아있었지만, 단적으로 말해서 귀여운 여자아이였다.

틀림없다. 분위기 파악을 못 하는 데 정평이 나 있는 내 후배다.

몰랐다. 메이드 카페에서 아르바이트하고 있었나.

네임 플레이트를 보니 거기에는 히라가나로 '쥬리아'라고 적혀있었다.

"쥬리…… 맞지?"

나지막이 중얼거리자 메이드 분은 놀란 듯이 눈을 깜빡였다.

그러더니 장난을 들킨 아이처럼 웃고 검지를 입술에 댔다.

마치 만화의 히로인이 좋아하는 사람에게 보내는 '비밀이야?' 사인을 보내는 것처럼.

"안됩니다, 주인님. 여기서는 '쥬리아'라고 불러주셔야 합니다."

즈큥~!

가슴을 꿰뚫린 듯한 충격이 몸속을 달렸다.

메이드복을 입은 쥬리는 평소의 세 배 정도 귀여웠다.

이럴 수가…… 저 바보 같은 애가 이렇게나 근사한 여자로 변하다니. 큭! 이게 메이드 카페의 마력인 건가……!

콰직!

유키나 선배가 내 발을 힘차게 짓밟았다.

"아야아아아! 무, 무슨 짓이에요!"

"어머, 케이타였구나. 미안해. 너무 변태 같은 표정을 짓고 있어서 지나가던 변태인 줄 알았어."

"원래 이런 얼굴이라고! 갑자기 밟다니, 너무해요!"

"시끄러워. 케이타 바보."

유키나 선배는 꽁한 얼굴로 그렇게 말했다.

……살짝 소리쳐도 되나?

유키나 선배 완전 귀엽잖아아아아아아!

내가 메이드 쥬리한테 시선을 빼앗기기만 했는데 너무 질투하잖아! '케이타! 나만 바라보지 않으면 싫어 싫어!'라고 얼굴에 적혀있는데요!

안심해…… 내 눈에는 유키나만 보이니까(멋있는 목소리).

──라고 외치면 깬다고 생각할 테니 나는 꾹 참았다.

"유키나 아가씨와 샤로 아가씨도 들어오시죠, 여깁니다."

유키나 선배의 심정을 알 리가 없는 쥬리는 웃으면서 테이블 석으로 안내했다.

"아가씨니까 메이드한테 심술을 부려도 되겠지……?"

유키나 선배가 내 옆에서 무서운 말을 꺼냈다. 그만둬. 가게에 폐를 끼칠 생각으로 가득하잖아.

하아…… 어쩐지 한 차례 파란이 일 것 같은 느낌이 드네.

"크크크. 광란의 연회를 시작하지!"

샤로가 순진하게 그렇게 말했다. 진짜로 광란의 연회가 될 것 같아서 무서운데요.

난 불온한 기운을 느끼면서 자리에 앉았다.

【유키나 선배와 모에모에 큥~(메이드 카페 편2)】

우리는 쥬리의 안내를 받아 가게의 안쪽 테이블 석에 앉았다.

내 앞에는 유키나 선배가, 유키나 선배 옆에는 샤로가 각각 앉았다.

"이쪽을 봐주십쇼."

쥬리는 우리에게 메뉴를 보여줬다.

메뉴에는 '냥냥 까르보나라'나 '초 모에 카레 라이스' 등 아주 메이드 카페다운 메뉴가 늘어서 있었다.

"주인님, 아가씨. 무엇을 드시겠습까?"

"요리 이름이 너무 독득해서 잘 모르겠네…… 쥬리. 추천하는 거 있어?"

"주인님. 쥬리아라고 불러줘야 해?"

쥬리는 신이 나서 윙크했다.

어. 항상 쥬리라고 부르는데, 다른 이름으로 불러야 해?

……뭔가 쑥스러운데.

"저기…… 쥬, 쥬리아. 추천 메뉴 좀 가르쳐줄래?"

"알겠습다, 주인님."

쥬리는 '부끄러워하는 주인님, 귀여워요'라며 웃었다.

평소와는 다른 모습, 다른 분위기를 내는 쥬리를 앞에 두고, 나는 쑥스러워서 무의식중에 웃고 말았다.

콱!

맞은편에 앉은 유키나 선배가 정강이를 힘차게 찼다.

"아야아아아!"

"케이타. 메이드한테 흥분하지 말렴. 가게에 폐가 돼니까."

유키나 선배는 눈을 반쯤 뜨고 날 노려봤다. 아무래도 심기가 불편한 모양이었다.

"주인님? 왜 그러심까?"

"시, 신경 쓰지 마. 그보다 추천 메뉴를 가르쳐줘."

"그렇네요. 처음 오신 분에게는 '모에모에 콤보'를 추천하고 있슴다."

"뭐야 이거. 세트 메뉴?"

"맞슴다. 식사는 물론이고 메이드 카페의 묘미를 만끽할 수 있는 세트임다. 예를 들면, 옵션으로 메이드와 폴라로이드 사진을 찍을 수 있슴다."

"크크크. 이 몸은 그걸로 하지. 메이드와 노는 것 또한 하나의 여흥……."

샤로는 안대에 손을 대고 당당하게 웃었다. 잘은 모르겠지만 기뻐하는 것 같으니 다행이다.

"그럼 나도 그걸로. 유키나 선배는 어떻게 할래요?"

"나도 똑같은 세트로 해도 괜찮아."

"알겠슴다!"

주문을 받은 쥬리는 가볍게 인사하고 떠나갔다.

그건 그렇고…… 자리에 앉기 전에는 불안했는데, 유키나 선배가 굉장히 얌전하네.

뭐, 이 나이가 되면 철이 든다. 내가 상대라면 몰라도 가게에 폐를 끼치는 행위는 하지 않을 것이다.

"후훗. 어떻게 쥬리에게 창피를 줄까……."

아니었다. 절찬리에 흉계를 꾸미는 중이었다.

"유키나 선배. 쥬리를 괴롭히지 마세요."

"뭐야. 쥬리를 감싸려는 거야?"

"아뇨. 가게에 폐를 끼치지 말라는 뜻이에요."

"괜찮아. 항의를 받지 않는 아슬아슬한 수준을 노릴 거니까."

"성가신 손님이네!"

그냥 숙달된 진상 손님이잖아.

셋이서 꺅꺅거리며 떠드는 사이에 쥬리는 마실 것과 오므라이스를 가져왔다.

"오래 기다리셨습다~."

"크크크…… 이 공물이 흔히들 말하는 '그림을 그리는 오므라이스'로군?"

샤로가 그렇게 말하자 쥬리는 웃으면서 끄덕였다.

"오, 샤로 아가씨는 잘 알고 계시네요. 맞슴다. 메이드가 케첩으로 그림을 그리는 정석적인 메뉴죠."

"그림을 그려? 뭘 그려주는 거야?"

"원하는 게 있으면 가능한 범위 안에서 대응함다. 만약 그려줬으면 하는 게 없으면 주인님과 아가씨의 이름을 적슴다. 주인님은 어떡하실 검까?"

"음~. 난 이름으로 괜찮아. '케이타'라고 잘 써줘. 유키나 선배는?"

"나도 '유키나'로 괜찮아."

"크크크…… '사안왕 샬롯'으로 부탁하지, 쥬리아여."

"잘 알겠슴다."

쥬리는 '그림을 그리는 오므라이스에는 옵션이 하나 더 있어요'라며 설명을 계속했다.

"오므라이스가 맛있어지도록 마법을 거는 검다."

"마법?! 쥬리아는 마법을 쓸 수 있어?!"

샬로의 눈이 반짝반짝 빛났다.

"저만 거는 게 아님다. 주인님과 아가씨들도 마법을 걸어주셔야 함다."

메이드 카페에서 오므라이스에 마법을 건다고 하면 '그거'밖에 없다.

"쥬리. 그건 설마……."

"넵. '모에모에 큥~!'임다."

쥬리는 웃음 띤 얼굴로 양손으로 하트를 만들어 오므라이스에 마법을 거는 포즈를 취했다.

이, 이것이 소문으로 듣던 '모에모에 큥~!' ……여기에 오기 전까지는 메이드 카페의 무엇이 좋은지 몰랐지만, 그 귀여운 동작의 파괴력이란…… 파괴력이란!

"이걸 다 같이 하는 검다."

"어? 쥬리아, 나도 하는 거야?"

유키나 선배는 노골적으로 싫다는 표정을 지었다.

"물론 유키나 아가씨도 하죠."

"난 사양할게."

"안 됩다. 옵션이니까 같이 해요."

"그건 내 자유잖아? 아니면 마법을 걸지 않으면 맛없는 오므라이스밖에 못 내는 거야?"

유키나 선배가 버릇없는 말을 했다.

아니, 마음은 이해된다. 자존심 강한 유키나 선배가 하인 앞에서 '모에모에 큥~!'을 하는 건 벌칙에 지나지 않으니까.

하지만 근무 중인 쥬리에게도 폐를 끼치고 싶지 않았다.

어떻게 할지 망설이고 있으니, 옆에 앉아있던 샤로가 유키나 선배의 셔츠 자락을 꼭 붙잡았다.

"유키나아~. 같이 마법 걸자아~."

"또 울고 있어! 나, 난 됐어. 너희들끼리 해."

"안 울고 있거든…… 흐에에엥."

"그러니까 울고 있는 거 맞지?!"

"흐에에엥…… 크크크. 난 어둠의 세계에서 살아가는 사

안왕. 어차피 진정한 이해자를 얻을 수 없는 고독한 왕이
야…… 훌쩍."

샤로는 울면서 주눅이 들어버렸다.

경험상으로 유키나 선배는 샤로의 눈물에 약하다. 결판
은 났다.

"아, 알았어. 나도 마법을 걸게."

"정말!"

"그래. 특별히 이번만이다?"

"와~! 유키나 사랑해~!"

울음을 그친 샤로는 유키나 선배에게 안겼다. 이러니저
러니 해도 이 둘은 사이가 좋단 말이지.

"그럼 마법을 걸죠. 제가 '맛있어져라~, 맛있어져라~'라
고 말할 테니까 이어서 '모에모에 쿵~!'이라고 말해주세요."

쥬리는 '갑니다~?'라고 말하여 우리에게 신호를 보냈다.

"맛있어져라~, 맛있어져라~."

「모에모에 쿵~!」

나와 샤로와 쥬리는 양손으로 하트를 만들어 오므라이
스 위에 손을 올렸다.

유키나 선배는 조금 늦게 볼을 붉히며 포즈를 취했다.

"모…… 모에모에 쿵~……!"

유키나 선배는 부끄러운 듯이 눈을 꼭 감고 오므라이스
에 하트를 댔다. 마법을 거는 말은 설마 했던 본래 목소리

로 했다.

……살짝 소리쳐도 괜찮겠소?

유키나 선배 완전 귀엽지 않소이까아아아아!

그 진성S 유키나 선배의 캐릭터가 아니란 말이오! 하나 오히려 그 점이 좋구려! 소생이 사랑의 마법에 걸린 기분이오! 부끄럽게 '모에모에 큥~!'하는 유키나 선배에게도 모에모에 큥~!

──이라고 자신을 소생이라 부르는 캐릭터가 되어 소리치면 유키나 선배에게 굳히기를 걸리니 난 그 자리에서 몸부림칠 수밖에 없었다.

"유키나 아가씨. 엄청 귀엽습다!"

"시, 시끄러워! 주인을 놀리다니, 이 가게의 메이드 교육은 어떻게 되먹은 걸까."

유키나 선배는 독설로 반격했지만, 쥬리는 싱글싱글 웃었다.

나와 샤로도 따라서 웃었다.

"뭐야, 다들…… 심술궂어."

토라진 유키나 선배는 '대표로 케이타를 찰 거야'라고 말하고 내 발을 퍽퍽 찼다.

언제나처럼 부끄러움을 숨기는 모습이 귀여워서 나는 또다시 웃었다.

【유키나 선배와 폴라로이드 카메라(메이드 카페 편 3)】

마법이 걸린 오므라이스는 맛있었다.

유키나 선배도 샤로도 만족했는지 쥬리에게 호의적인 감상을 전했다.

특히 샤로는 케첩으로 '사안왕 샬롯'이라 쓴 게 어지간히도 기뻤던 모양이었다. 좀처럼 먹지 않고 한동안 반짝반짝한 눈으로 오므라이스를 바라보고 있었던가.

식사를 끝낸 우리는 즐겁게 담소를 나누고 있었다.

처음엔 유키나 선배의 폭주를 걱정했지만, 아무래도 기우인 듯했다. 오늘 하루는 평화롭게 끝날 것 같다.

마침 샤로가 추가로 주문한 오렌지 주스가 왔을 때 쥬리가 설명을 시작했다.

"주인님, 아가씨. 주문하신 '모에모에 콤보'에는 옵션이 하나 더 있습다."

"아직 있구나. 이번엔 뭐해?"

"메이드와 폴라로이드 사진을 찍을 수 있습다."

아아. 그러고 보니, 주문할 때 설명해줬었지.

"별로 익숙하진 않은데…… 폴라로이드가 사진을 찍으면 그 자리에서 바로 인화되는 거지?"

"넵. 메이드와 둘이서 촬영하는 서비스임다. 이제 촬영해도 되나요?"

"응. 부탁할게."

"알겠습니다."

쥬리는 일손이 비는 메이드를 불러 폴라로이드 사진을 찍어달라고 부탁했다.

"우선 주인님부터네요. 옆자리 실례하겠습니다."

쥬리는 내 옆에 앉아서 서로의 어깨가 닿는 거리까지 밀착해왔다.

가, 가깝지 않나? 메이드와 주인의 접촉은 가게 입장에서 안 좋은 거 아냐?

게다가 뭔가 좋은 냄새가 나. 분명 향수일 거야. 지금까지 향수 같은 걸 뿌린 적이 없었는데…… 왜 갑자기?

모르는 사이에 여자다워진 쥬리를 보고 나도 모르게 가슴이 두근거렸다.

쥬리는 나에게만 들리는 목소리로 속삭였다.

"……다음에 저한테도 사진 주세요. 케이타 선배와의 추억, 소중히 하고 싶으니까요."

"어? 그, 그건 무슨……."

"그럼, 사진 부탁드립다~!"

쥬리는 내 말을 가로막고 메이드에게 폴라로이드 사진을 준비시켰다.

볼을 붉히는 쥬리의 옆모습을 보고 무의식적으로 귀엽다고 생각했다.

"그럼 찍습니다~!"

메이드가 사진 찍을 준비를 했다.

쥬리에게 시선을 빼앗겼던 나는 서둘러 카메라로 시선을 돌렸다.

"주인님. 사진을 잘 찍을 수 있도록 마법을 부탁드릴게요. 하나~ 둘!"

""모에모에 큥~!""

찰칵.

둘이 함께 손으로 하트를 만든 순간, 셔터음이 가게 안에 울렸다.

나와의 추억을 소중히 하고 싶다. 쥬리는 그렇게 말했다.

말뜻을 그대로 받아들이면 별것 아닌 말이다. 나와 논 기념으로 사진을 한 장 가지고 싶다는 뜻일 것이다.

하지만 나에게만 들리는 목소리로, 게다가 얼굴을 빨갛게 물들이고 말했다. 의식하지 않는 것은 무리한 일이다.

"다음은 샤로 아가씨 차례네요."

"와~! 빨리 찍자!"

"샤로 아가씨. 설정은 괜찮습까?"

"앗…… 크크크. 이 몸은 머나먼 옛날부터 전해지는 이 포즈로 촬영하는 것을 희망한다."

샤로는 안대에 손을 대고 웃었다. 언제나의 중2병 포즈다.

쥬리와 샤로가 촬영하는 동안 유키나 선배는 어딘지 멍

했다.

"……부럽다."

말을 걸려고 한 그 순간, 유키나 선배가 꾸밈없는 목소리로 한숨을 쉬면서 그렇게 말했다.

"나도 같이 사진 찍고 싶어……."

유키나 선배는 재미없다는 듯이 입술을 삐죽 내밀었다.

그 후, 유키나 선배도 쥬리와 촬영했다.

그런데도 '같이 사진을 찍고 싶다'는 건 무슨 의미일까.

설마…… 사진을 찍고 싶다는 건 쥬리랑 같이 찍는 게 아니라──.

"'모에모에 큥~!'"

내가 이런저런 생각을 하는 사이에 촬영회는 끝났다.

유키나 선배는 막 받은 사진을 테이블에 두고 지루하다는 듯이 아이스티를 한 모금 홀짝였다. 딸깍하는 메마른 소리는 유난히 크게 울렸다.

──뭔가 해줘야 한다. 반사적으로 그렇게 생각했다.

좋아하는 사람이 기운이 없으면 웃음을 되찾아주고 싶어지는 게 당연하잖아?

유키나 선배는 평소엔 무뚝뚝하지만, 사실은 웃는 얼굴이 어울린다. 나는 그 사실을 잘 알고 있다.

퍽퍽.

난 언제나 유키나 선배에게 당하는 것처럼 그녀의 발을

찼다.

"슬슬 돌아갈까요. 우리의 집으로."

"……케이타?"

"메이드 카페에서 비일상을 만끽했더니 유키나 선배와 보내는 일상이 그리워졌어요."

되도록 마음이 전해지도록 웃으면서 말했다.

마음이 통했는지 유키나 선배의 표정이 풀어졌다.

"주인을 차다니, 건방져졌네. 이거 벌을 줄 필요가 있겠어. 돌아가면 혹독하게 조련해줄게."

"마음이 전혀 안 통했네!"

웃는 얼굴로 강하게 조련한다는 말은 하지 마. 난 레이스를 앞둔 경주마인가.

낙담하고 있으니,

"……역시…… 는…… 이런 날…… 다정하구나."

유키나 선배가 작은 목소리로 어떤 말을 했지만, 자세히 들을 수 없었다.

"유키나 선배. 지금 뭐라고 했어요?"

"……후훗. 아무것도 아니야. 오랜만에 밧줄과 양초를 준비한다고 말했어."

"너무 하드한 플레이잖아!"

오랜만이라는 건 또 뭐야. 자못 과거에 양초 플레이를 했다는 듯한 허위발언은 그만둬.

뭐, 아무튼 평소의 유키나 선배로 돌아온 것 같아서 다행…… 인가?

응…… 아무리 그래도 양초 건은 거짓말이지?

"저기, 유키나 선배. 양초 이야기는 농담이죠?"

"쥬리아. 계산 부탁할게."

"불안해지니까 무시하지 마세요!"

우리는 빽빽 떠들면서 계산을 끝냈다.

이렇게 우리는 메이드 카페를 즐겼다.

하지만 이걸로 끝이 아니다.

나에겐 아직 해야만 하는 일이 있다.

【유키나 선배와 파카를 입은 여자 (메이드 카페 편4)】

"다녀오세요, 주인님! 아가씨! 또 놀러 와 주십쇼!"

쥬리의 배웅을 받으며 우리는 메이드 카페에서 나왔다.

"크크크. 좋은 시간을 보냈다, 권속이여."

"재밌었지, 샤로."

"샤로라고 하지 마! 응, 재밌었어~!"

샤로는 기쁜 듯이 그 자리에서 빙글~ 돌았다. 5살 어린 애도 아니고.

"앗…… 크크크. 마계에서 호출이 온 것 같군."

샤로는 스마트폰을 꺼내 '여보세요. 사안왕입니다'라며 전화를 받았다. 전화가 와도 설정은 밀고 나가는 듯했다.

잠시 영어로 대화한 후, 샤로는 '크크크. 작별이다'라며 전화를 끊었다.

"샤로. 누구 전화야?"

"샤로라고 하지 마! 크크크. 누님으로부터 만찬의 초대가 왔다. 지금부터 옆 역에 있는 프랑스 요리 가게로 가게 되었다."

"그렇구나. 그럼 여기서 헤어져야겠네."

"응! 다음에 또 케이타네 집에 놀러 갈게! 바이바이!"

샤로는 손을 흔들면서 총총 뛰어서 떠나갔다.

"유키나 선배. 우리도 갈까요."

"응. 그래."

"……아, 그 전에 제안이 있는데요."

난 주머니에서 스마트폰을 꺼냈다.

"같이 사진 안 찍을래요? 메이드 카페를 배경으로, 투샷으로."

"어…… 사, 사진?"

"네. 첫 메이드 카페 방문 기념으로 괜찮지 않나 싶어서요."

사진을 찍을 때, 유키나 선배는 '나도 같이 사진 찍고 싶어……'라고 섭섭한 듯이 중얼거렸다.

그건 분명 나랑 사진을 찍고 싶다는 뜻이지?

난 유키나 선배의 소원이라면 전부 이루어주고 싶었다.

그리고…… 나도 유키나 선배와 사진을 찍고 싶은걸.

"추억을 형태로 남기는 것도 나쁘지 않다고 생각하는데…… 어때요?"

물어보니, 유키나 선배는 한순간 웃음을 지었지만 금방 불쾌한 표정을 지었다.

"어쩔 수 없네. 가끔은 하인의 말도 들어주지."

"후훗. 감사합니다."

"뭐, 뭘 웃는 거야. 케이타 바보."

볼을 빨갛게 물들인 유키나 선배는 꾸밈없는 목소리로 나지막이 한마디 했다.

"……내 생떼를 들어줘서 고마워."

"네? 생떼라니요?"

난 시치미를 떼고 되물어봤다.

유키나 선배는 '차, 착각하지 마. 난 딱히 케이타와 찍은 투샷 사진이 갖고 싶은 게 아니라 추억의 사진이 갖고 싶었을 뿐이니까'라며 필사적으로 변명하기 시작했다.

……살짝 소리쳐도 되나?

유키나 선배 완전 귀엽잖아아아아아아!

부끄러워하는가 싶었더니, 바로 부끄러움을 숨기는 거냐! 그런 솔직하지 못한 면이 너무 사랑스러워!

유키나 선배! 서툴러도 좋으니까 저한테는 속마음을 털어놓으세요! 당신의 생떼에 휘둘리는 것도 행복하니까! 앞으로도 저를 잔뜩 난처하게 만드는 유키나 선배이기를!

──라고 외치면 유키나 선배의 진성S가 발동하니, 난 이를 악물고 참았다.

"그럼 찍습니다."

나는 유키나 선배와 어깨를 맞대고 스마트폰을 앞에 댔다.

"자, 치즈!"

찰칵! 하고 시원한 셔터 소리가 울렸다.

스마트폰을 확인했다. 사진 속의 유키나 선배는 조심스럽게 브이 사인을 하고 수줍어하고 있었다.

"유키나 선배한테도 사진 보낼게요."

스마트폰을 조작하여 사진을 보내니 유키나 선배의 스

마트폰이 띠링 하고 울렸다.

"아! 사진 왔어!"

스마트폰을 확인하는 유키나 선배의 표정은 정말 유순해서 나도 모르게 넋을 잃고 보고 말았다.

내 시선을 알아차린 유키나 선배는 고개를 들었다.

"뭐, 뭐야. 내가 사진 정도로 들뜨는 게 그렇게 이상해?"

"아뇨. 저도 들떴으니까, 똑같네요."

솔직하게 그렇게 말하니, 유키나 선배는 볼을 붉히지…… 않고 평소의 쿨한 표정으로 돌아왔다.

"내 사진을 대기화면으로 설정해서 이런저런 망상을 할 생각이구나? 동정이라도 정도가 있지."

"이 분위기에 매도?! 유키나 선배가 생각하는 망상 같은 건 안 해요!"

"그럼 이 사진을 인쇄해서 온 방에 붙일 생각이야? 역시 상급 변태. 두 손 두 발 다 들었어."

유키나 선배는 '변태 같은 하인을 두면 고생이 끊이질 않네'라며 탄식했다. 그건 솔직해지지 못하는 주인을 둔 제가 할 말인데요…….

뭐, 상관없나. 유키나 선배도 기쁜 것 같으니. 서프라이즈 성공이네.

그 후, 우리는 시시한 이야기를 하면서 걸었다.

집 앞에 도착하니, 그곳에는 모자를 쓴 빨간 머리 트윈

테일 소녀가 앉아있었다.

소녀는 검은 파카와 미니스커트를 입고 있었고 나이는 우리와 동년배처럼 보였다.

소녀와 눈이 맞으니 그녀는 일어서서 미소 지었다.

"어릴 적의 모습이 있어…… 드디어 찾았다. 이 집에 살고 있다는 정보가 정확했네."

"어? 어, 어떻게 내가 사는 곳을……."

"케이타…… 맞지? 오랜만이야. 잘 지냈어?"

소녀는 내 질문을 무시하고 나에게 미소 지었다.

"……누구시죠?"

나보다 먼저 유키나 선배가 물었다. 빨간 머리 소녀에게 적의가 담긴 시선을 따갑게 보냈다. 왜 시비조인가요, 싫다~…….

소녀는 유키나 선배를 한 번 보고는 다시 나에게 시선을 돌렸다.

"케이타, 이 미인은 누구야?"

"어? 아, 응. 이 공동주택에 사는 유키나 선배. 엄청 신세 지고 있어."

"그래. '그냥' 선배구나?"

소녀는 우쭐대며 그렇게 말하고 유키나 선배에게 인사했다.

"처음 뵙겠습니다, 유키나 씨. 난 헤비카와 아스카. 케이

타의 약혼자야."

"뭐?" "어?"

나와 유키나 선배의 놀라는 소리가 훌륭하게 하모니를 이루었다.

약혼자.

그 말의 파괴력 앞에서 내 사고는 완전히 정지해버렸다.

넋을 놓고 있으니 아스카라고 이름을 댄 소녀는 자신만만하게 웃었다.

"나도 오늘부터 이 공동주택에 살게 됐어. 잘 부탁해, 케이타. 그리고 유키나 씨도…… 알겠죠?"

아스카는 그런 말을 남기고 공동주택으로 들어갔다.

"케, 케이타! 저, 저저저저 애랑은 어떤 관계야?!"

난 동요하는 유키나 선배에게 대답해줄 말이 없었다.

왜냐하면 나도 저 여자애를 모르기 때문이다.

잠깐만! 약혼자 같은 미연시에 나올 것 같은 신 캐릭터는 필요 없거든! 유키나 선배랑 플래그조차 못 세웠는데 쓸데없는 연애 루트 집어넣지 말라고!

……살짝 진심으로 소리쳐도 되나?

"쟤는 누구야아아아아아아아아?!"

내 절규는 공동주택 앞에서 허무하게 울렸다.

【유키나 선배는 솔직해지고 싶어】

이것은 여름방학 전의 이야기다.

7월 모일. 사건은 갑자기 일어났다.

유키나 선배가 독설을 그만둔 것이다.

◆

손수건으로 이마의 땀을 닦으면서 매미의 울음소리가 사방에서 쏟아지는 귀갓길을 걸었다.

올해는 장마도 빨리 끝나 예년보다 더운 여름을 맞이할 것 같았다. 오늘만 해도 이미 최고기온이 33도에 달했다. 아직 7월인데 너무 덥잖아.

주택가를 걸어 아파트에 도착했다.

방문을 여니 서늘한 공기가 날 맞이했다. 분명 유키나 선배가 먼저 와서 냉방을 해뒀을 것이다.

"다녀왔습니다, 유키나 선배."

"어서 와, 케이타. 오늘도 수고했어. 미리 냉방 했으니까 더위를 식혀."

인사하니 교복 차림의 유키나 선배가 마중을 나왔다.

……잠깐, 누가 마중이라고?

이상하다.

평소라면 인사해도 '가축에게 냉방은 과분한 문명이야. 넌 베란다에서 계란프라이가 되렴'이라며 독설로 대답해야 한다.

그런데 수고했다고 하면서 마중을 나와?

"유키나 선배, 뭘 노리는 건가요. 돈이라면 안 빌려줄 거라고요?"

"돈이 부족한 게 아니야, 실례네. 그렇게 차이고 싶어?"

유키나 선배는 그렇게 말하며 니삭스에 감싸인 다리를 위로 쳐들었다. 발목을 낫처럼 휘둘러 내 허벅지를 휘감듯이 찬다──고 생각했지만, 유키나 선배의 움직임이 도중에 딱 멈췄다.

"……유, 유키나 선배?"

"……흥. 목숨 건졌네."

유키나 선배는 그대로 다리를 내렸다.

……역시 오늘의 유키나 선배는 이상하다.

지금까지 나에게 내리는 처벌을 중단한 적은 없었다. 있는 힘껏 때린 뒤에 자기 방에서 후회하는 게 패턴이다.

그런데 벌을 멈추다니…… 그건가? '기다려' 훈련을 포함한 새로운 진성M 조교인가?

이상하게 생각하고 있으니 유키나 선배는 나에게 등을 돌렸다. 작은 목소리로 뭔가 중얼거리고 있었다.

"위험해, 위험해…… 오늘은 진성S를 봉인하지 않으면 안 됐지…… 힘내라, 유키나! 파이팅, 유키나!"

유키나 선배는 꾸밈없는 목소리로 자신을 격려하고 있었다. 안 들리게 말한다고 생각하고 있겠지만, 전부 다 들렸다.

……아니, 잠깐만.

지금 진성S를 봉인한다고 했나?

즉, 독설도 굳히기도 오늘은 하지 않는다는 뜻. 역시 새로운 조교이거나, 아니면 날 애타게 해서 흥분하게 만드는 작전인가…… 뭐야 그 성적 취향은. 더워서 머리가 이상해진 거야?

아무튼 오늘 유키나 선배는 조금 이상했다.

"유키나 선배. 저한테 뭐 숨기는 거 없어요?"

물어보니, 유키나 선배는 이쪽을 돌아봤다.

"딱히. 숨기는 건 아무것도 없어."

"수상해요. 빤~……."

"수, 숨기는 거 없다고 말했잖아."

유키나 선배는 양손의 검지를 교차시켜 '켕기는 짓은 아무것도 안 했어!'라며 부정했다.

그 동작 엄청 귀여워! 하지만 반드시 뭔가 숨기는 게 있어!

"진짜로 숨기는 것 없나요?"

"끈질기네. 그보다 케이타. 이후의 예정은?"

"네? 딱히 없는데요."

"그, 그래……."

유키나 선배는 휴우 하고 안도의 한숨을 쉬었다.

어이. 어째서인지 갑자기 예정을 물어봤어…… 점점 더 수상한데.

유키나 선배는 나의 회의적인 시선을 무시하고 갑자기 부드럽게 미소 지었다.

"케이타. 가방 들어줄게."

"어? 아니, 딱히……."

"피곤하지? 어깨는 안 뻐근해?"

"괜찮은데요."

"사양하지 말고…… 아! 눈치 없어서 미안해. 목마르지. 밖은 더웠잖아. 바로 보리차를 준비해서——"

"아니야아아아아! 그게 아니야아아아아아!"

나는 위화감을 견뎌내지 못하고 외쳤다.

"유키나 선배가 이렇게 상냥할 리가 없잖아요!"

"말이 너무 심하네. 나라고 항상 벌로 짓밟……지는 않아. 폭력으로는 아무것도 해결되지 않는걸."

"아까부터 언동도 행동도 이상해요! 오늘 유키나 선배는 너무 청순해! 평소에는 좀 더 불순하잖아요!"

"누가 불순하다는 거야, 이 에로 테러리스트…… 라고 다짜고짜 부정하는 건 좋지 않지. 한 번 더 자신의 가슴에 질문을 던져 내 행동을 돌아볼게. 나에게 반성할 기회를 줘서 고마워."

"뭔가 무서워, 유키나 선배! 부탁이니까 있는 힘껏 때리는 평소의 데빌 유키나로 돌아와!"

"누가 데빌……! 후훗. 오늘도 케이타의 농담은 날카롭네. 배가 찢어질 것 같아."

유키나 선배는 이마에 핏대를 세운 채로 미소 지었다.

이게 무슨 일이냐. 저 진성S가 독설과 폭력을 봉인하고 성인군자 흉내를 내고 있어…… 뭐야 이 제한 플레이는. 위화감이 아니라 광기가 느껴지는데요.

아무래도 걱정이 된 나는 유키나 선배에게 말을 걸었다.

"유키나 선배. 오늘 진짜로 이상해요. 안 좋은 일이라도 있었어요?"

"어? 아니, 딱히 안 좋은 일은 없는데……."

"전 평소의 유키나 선배가 좋아요. 무슨 일 있으면 이야기 들어줄 테니까 말해주지 않을래요?"

물어보니, 유키나 선배는 '……알았어. 걱정 끼쳐서 미안해'라고 말하며 체념했다.

"그런데 케이타. 오늘이 무슨 날인지 알아?"

"네?"

허를 찌르는 질문을 듣고 나도 모르게 얼빠진 소리를 내 버렸다.

오늘은…… 그냥 평일이라 생각한다.

하지만 유키나 선배에게 있어서는 다른 듯했다.

"설마…… 모르는 거야?"

유키나 선배는 입을 삐죽 내밀었다. '화난 얼굴도 귀엽네요'라고 말하려고 했지만, 분위기를 파악하고 꾹 참았다.

"죄송해요. 전 짐작이 안 되네요."

"포기가 너무 빨라. 좀 더 잘 생각해봐."

유키나 선배는 얼굴을 가까이 대고 '나만 들떠서 바보 같잖아'라며 얼굴을 빨갛게 물들이며 말했다.

"가, 가까워요. 유키나 선배……."

"앗…… 에헴."

유키나 선배는 헛기침하고 나에게서 떨어졌다.

그대로 바닥에 무릎을 안고 오도카니 앉았다.

"아무튼! 잘 생각해볼 것! 자, 거기에 앉아!"

"아, 알겠어요."

난 시킨 대로 유키나 선배의 정면에 앉았다.

큰일이다. 이거 잊고 있는 내가 잘못한 것 같은데.

힌트는 '유키나 선배에게 특별한 날'이고, 게다가 '유키나 선배는 오늘을 기대'하고 있었다는 것이다.

특별한 날의 정석은…….

"기념일 같은 건가요?"

"맞아! 그거야!"

유키나 선배는 확 밝은 표정을 지었지만, 금방 뚱한 표정으로 되돌아왔다. 언제나처럼 부끄러움을 숨기는 것이다.

"그럼 무슨 기념일인지 알겠어?"

"유키나 선배가 처음으로 트래몬의 CD를 산 날인가요?"

"아니야."

"음…… 그럼, 처음으로 트래몬의 라이브에 간 날?"

"아니야. 트래몬은 관계없어."

"끄으응…… 그럼, 그럼…….."

"생각 안 나?"

"……네. 죄송합니다."

"그래…… 이제 됐어."

유키나 선배는 풀이 죽어 입을 다물어버렸다. 무릎을 안고 앉은 채로 손가락으로 바닥에 동그라미를 그리며 토라져 있었다. 큰일이다. 진심으로 낙담했어.

어떡하지. 전혀 모르겠어.

부부라면 결혼기념일 같은 날이 예상되지만 우리는 결혼은커녕 연인 사이조차 아니다. 사귄 지 며칠 기념일과 같은 그런 러브러브 이벤트일 가능성은 제로…… 응? 잠깐만?

'○○한지 며칠 기념일'은 꽤 괜찮은 추측이 아닐까?

우리가 만난 날까지 거슬러 올라가 오늘이 '○○한지 며칠 기념일'이 되는 이유를 생각해봤다.

여기까지 오면 답은 간단히 나온다. 난 바로 생각이 떠올랐다.

"알았어요! 오늘은 '저와 유키나 선배가 만난 지 100일이 되는 기념일'이네요!"

대답하니 무릎을 안고 앉아있던 유키나 선배는 얼굴을 무릎 위에 얹고 시선만 위로 올려 나를 봤다. 그녀의 볼은 아주 살짝 볼록해져 있었다.

"……알아차리는 게 늦어. 케이타 바보."

즈쿵~!

나왔다. 부끄러워하는 유키나 선배의 눈으로 동정을 죽이는 몸짓! 뭐야 그 포즈! 화보집 찍는 아이돌이냐!

"저기. 케이타. 우리가 만났을 때의 일, 기억해?"

유키나 선배는 자세를 흐트러뜨리고 부드럽게 웃었다.

다행이다. 아무래도 기분은 풀린 모양이다.

"물론 기억하죠."

우리가 만난 그날의 일을 떠올렸다.

계절은 봄.

내가 2학년으로 진급한 날이며 유키나 선배가 전학해온 첫날이기도 했다.

그날, 우리는 모텔 거리의 입구에서 만났다.

◆

"후훗. 좋은 걸 사버렸군."

역에서 떨어진 번화가의 뒷골목을 걸으면서 혼잣말했다.

난 수상한 책 전문점 '색골 클럽'에서 야한 책을 샀다. 제목은 'OL과 놀자! Vol.1'. 손에 든 검은 비닐봉지 안에 들어있었다.

자. 미션은 완료했다. 이제 동급생에게 들키지 않도록 집으로 돌아가기만 하면 된다.

집으로 가는 길을 살금살금 걷고 있으니, 모텔 거리에서 교복을 입은 소녀가 비틀거리면서 나왔다. 검은 흑발이 잘 어울리는 미인이었다.

"저 애…… 나랑 같은 학교의 교복을 입고 있잖아."

잘 보니 소녀의 다리는 떨리고 있었고 얼굴은 파랗게 질려 있었다. 확실히 상태가 안 좋아보였다.

모텔 거리에서 나온 것도 걱정됐다. 어쩌면 어떤 트러블에 휘말린 것일지도 모른다.

나는 걱정돼서 그녀에게 다가가 말을 걸었다.

"저, 실례합니다. 괜찮나요? 곤란한 일이라도 있나요?"

그렇게 물어보니 소녀의 단정한 표정이 무너져 한 번에 어려졌다. 눈에 눈물을 머금고 부들부들 떨고 있었다.

"……히끅, 히끅."

"어?"

"으아아아아아앙! 무서웠어어어어어어!"

"갑자기 울기 시작했어?!"

울 정도로 무서운 일을 당한 것일지도 모르겠다. 사정을 듣는 편이 좋을 것 같다.

"으읏. 무서웠어, 무서웠다고⋯⋯."

"진정해. 이제 괜찮으니까. 나라도 괜찮으면 이야기 들어줄게."

"훌쩍⋯⋯ 하, 하지만, 폐가 되지는⋯⋯."

"폐가 될 리가 없잖아. 그리고 난 곤경에 빠진 사람을 내버려 두지 못하는 성격이기도 하고. 사양하지 마."

미소를 지으니 소녀는 신기한 표정으로 나를 봤다.

뭐, 뭐지?

내가 이상한 말이라도 했나?

"어, 내 이름은 타나카 케이타. 넌?"

"⋯⋯유키나야. 난바 유키나."

유키나는 그렇게 말하고 웃었다⋯⋯ 는 건 한순간의 일이었고, 금방 표정이 시무룩해졌다.

"⋯⋯유키나? 화내고 있어?"

"딱히. 네 얼굴이 변태 같다고 생각했을 뿐이야."

"처음 본 사람한테 실례잖아!"

"흥. 어차피 그 검은 비닐봉지 안에 야한 책이 들어있지?"

뜨끔.

이런. 가방에 잘 넣어뒀어야 했다.

"어머. 정곡이구나. 오늘 밤은 그걸로 즐기는 거야?"

"그, 그렇지는……."

"후훗. 케이타는 야한 생각이 머리에 가득하구나. 변 · 태."

유키나는 내 귓가에 속삭였다. 열기를 띤 숨이 간지러워서 나도 모르게 몸을 떨었다.

뭐야 이 사람. 정서불안인가 싶었는데, 갑자기 진성S가 됐는데?

"케이타. 벌로 나를 집까지 데려가."

"벌은 또 무슨 벌인가요……."

"조용히 해. 걸으면서 불안해서 밤에도 잠들지 못하는 내 이야기를 들어. 알았으면 대답해, 이 돼지 녀석."

그건 상관없지만…… 그러니까 왜 진성S인 거야?

"……유키나. 혹시 의외로 멘탈이 괜찮은 거 아냐?"

"아니. 상당히 위험해. 토할 것 같아."

"그, 그런가요……."

정말인지 거짓말인지 알기 어려웠다. 난 적당히 맞장구를 쳤다.

응…… 이상한 사람이랑 엮인 걸지도 모르겠다.

유키나의 캐릭터를 파악하지 못한 채로 우리는 귀갓길에 올랐다.

◆

　그 후, 나는 유키나 선배에게서 사정을 들었다.

　유키나 선배는 봄에 내가 다니는 학교에 전학해왔다. 당시에는 주변 지리에 어두워 실수로 모텔 거리로 헤매 들어갔다던가.

　울고 있었던 이유는 모텔 거리에서 헌팅남이 들러붙어 무서웠기 때문이라고 한다.

　그리고 유키나 선배가 헌팅남으로부터 도망쳐 나왔을 때, 우연히 만난 게 나였다. 뭐, 제일 큰 우연은 공동주택의 이웃집 사람이었다는 사실이지만.

　"그때 유키나 선배는 패닉 상태였죠."

　"그렇지만 정말 무서웠는걸. 케이타가 말을 걸어줘서 겨우 안심할 수 있었어."

　유키나 선배는 '거긴 두 번 다시 들르고 싶지 않아'라며 쓴웃음을 지었다.

　"그러고 보니 유키나 선배는 만났을 때부터 진성S였죠. 그립다…… 헉!"

　추억으로 이야기꽃을 피울 때가 아니었다.

　오늘이 100일 기념일이라는 건 알았지만 수수께끼는 아직 남아있었다.

　"저기, 유키나 선배. 묻고 싶은 게 있는데요."

"뭐야?"

"……왜 오늘은 진성S를 봉인하고 저한테 상냥하게 대해주는 건가요?"

그 순간, 유키나 선배의 표정이 얼어붙었다.

"그런 옛날이야기는 잊었어."

"아니, 몇십 분 전 이야기인데……."

"상냥함 따위는 과거에 두고 왔어…… 어릴 적의 꿈과 함께 말이지."

유키나 선배는 '이젠 즐겁기만 한 그 시절로는 돌아갈 수 없어…… 어른이 된다는 건 그런 거야'라며 중얼거렸다. 오늘은 캐릭터가 많이 흔들리는 날이다.

"유키나 선배. 뭔가 이유가 있죠?"

"그건…….''

"가르쳐주세요."

"……아, 알았어. 말할게."

유키나 선배는 '웃으면 찰 거야'라며 못을 박은 뒤에 진상을 이야기하기 시작했다.

"나 있지, 케이타한테 도움받은 일은 지금도 감사하고 있어."

"아하하, 그거 고맙네요. 뭐, 제가 헌팅남을 쫓아낸 건 아니지만요."

"아냐. 날 안심시켜준 것에 감사하는 거야. 그리고……

처음 만난 사람에게 친절하게 대해줄 수 있는 다정함은 솔직히 존경하고 있어."

"그, 그랬나요……."

뭐, 뭐지? 갑자기 엄청 칭찬하는데…… 이 뒤에 부끄러움을 숨기려고 발로 차는 패턴은 아니겠지?

방어 자세를 취하고 있으니, 유키나 선배는 꺼내기 어려운 말을 하는 듯 입을 열었다.

"그, 그래서 말이야…… 내가 진성S를 봉인하려고 한 건……."

"봉인하려고 한 건?"

"……오, 오늘은 케이타에게 감사의 마음을 전하기 위해 잔뜩 봉사하려고 한 거야!"

유키나 선배는 얼굴을 새빨갛게 물들이고 꾸밈없는 목소리로 그렇게 말했다.

감사의 마음을 전하고 봉사…… 그렇구나. 그래서 나에게 상냥하게 대해주려고 한 건가.

설마 심술쟁이인 유키나 선배가 직선적으로 마음을 부딪쳐올 줄은 몰랐다. 왠지 부끄러웠다.

"그, 그랬나요…… 흐음~……."

"케이타. 그, 항상 고마워……."

"아, 아뇨. 저야말로."

"".............""

우리 왜 수줍어하고 있는 거냐아아아아아!

분위기를 보면 나쁘지 않아! 힘내라, 나! 이대로 손을 잡고 '그럼 함께 축하해요…… 밤까지 이대로 있을래요?' 같은 말을 하면서 폼을 잡으라고, 겁쟁이!

유키나 선배도 유키나 선배야! 잔뜩 봉사한다는 식으로 말하면 안 돼! 변태 같은 기대를 해버리니까!

번민하는 사이에 유키나 선배는 언제나의 쿨한 얼굴로 돌아와 있었다.

"케이타…… 너, 설마 야한 생각을 하는 건 아니지?"

"뜨끔!"

어떻게 안 거야. 당신은 초능력자인가.

"그래. 봉사해줬으면 하는 거구나."

"아, 아니, 저는…….."

"좋아, 기념일인걸. 평소보다 많이 서비스해 줄게."

유키나 선배는 아랫입술을 날름 핥았다. 핑크색 혀와 젖은 입술을 보고 나도 모르게 두근거렸다.

"보, 봉사라뇨……?"

"이런 게 좋지?"

유키나 선배는 내 다리에 자신의 다리를 휘감았다.

"앗…… 유, 유키나 선배?"

"후훗. 금방 기분 좋게 해줄게."

"기분 좋게 하다니, 대체 무엇을…… 흐엇?!"

움찔!

유키나 선배의 꿈틀꿈틀 움직이는 발끝이 내 가랑이에 스쳤다. 그 적당한 자극에 허리를 들썩일 뻔했다.

한편 유키나 선배는 무반응이었다. 아무래도 자신이 무슨 일을 했는지 알아차리지 못한 것 같았다.

유키나 선배의 발은 마치 사냥감을 잡는 촉수 같았다. 내 다리를 끈적하게 휘감아 부드럽게 감쌌다.

머릿속은 새하얗고 사춘기 소년의 몸은 건전하게 반응해버리고 있었다. 어쩔 수 없어. 나도 남자인걸.

"유키나 선배! 오늘의 벌, 너무 자극적이에요오오……!"

"어머. 이제부터가 진짠데?"

"지, 진짜라니…… 저도 겁쟁이라고 해도 남자예요. 이 이상은 참을 수 없어요……!"

"크큭. 참지 않아도 되는데?"

"아니…… 유키나 선배, 그 말은!"

"오래 기다렸지. 아름다운 4가 완성됐어."

"유키나 선배. 저 처음이지만 살살── 어? 4?"

발에 시선을 돌렸다.

와, 아름다운 4자다! 어, 이건 그 유명한 다리 4자 꺾기? 대단해~, 예술적이잖아~── 아니, 이건 항상 겪는 패턴이잖아!

깨달았을 때는 이미 늦었다.

유키나 선배는 늘 보여주던 새디스틱한 웃음을 띠고 있었다.

"욕심 많은 하인이네. 바라는 대로 참지 말고 울어!"

삐걱삐걱삐걱!

"꺄아아아아! 잠깐만, 이거 무리이이이이이!"

"사양하지 마. 잔뜩 봉사해줄게."

"제가 생각했던 봉사랑 다른데요?!"

기념일에 다리 4자 꺾기로 봉사하는 이웃은 너무 싫어!

"기브 업이에요, 유키나 선배!"

"포기하지 마. 케이타는 하면 되는 아이야."

"유키나 선배가 그만하기만 하면 되잖아요!"

"안 · 그 · 만 · 둘 · 거 · 다?"

삐걱삐걱삐걱!

"아야얏! 귀엽게 말해도 안 돼애애애애! 아니, 이거 진짜로 무리라고!"

내가 바닥을 탭하자 유키나 선배는 성대하게 탄식했다.

"하아. 여전히 근성이 없구나."

유키나 선배는 기술을 풀고 일어섰다.

"난 이제 돌아갈게."

"아야야…… 네? 모처럼의 기념일이니까 좀 더 같이…….""

"어머. 관절기에 좀 더 걸리고 싶은 거야?"

"사양하겠습니다!"

아무리 그래도 관절기로 기념일을 축하할 마음은 없다. 난 당황해서 거부했다.

"그럼 내일 봐."

유키나 선배는 가볍게 손을 흔들고 내 방에서 나갔다.

"아아~. 유키나 선배랑 좀 더 이야기하고 싶었는데."

모처럼의 기념일이니까 만난 날부터 지금까지의 추억 같은 것을 이야기하고 싶었다.

저기. 유키나 선배도 그렇게 생각하지 않아요?

같이 게임을 하기도 하고, 비 오는 날에 한 우산을 쓰기도 하고, 영화를 보러 가기도 하고.

우리가 보낸 100일은 날이 밝을 때까지 이야기할 수 있을 정도로 알찼잖아요.

"그런데…… 유키나 선배는 결국엔 부끄러움을 숨기려고 저런단 말이지. 기념일에는 좀 더 솔직해져도 괜찮은데."

나는 꿍얼꿍얼 불만을 늘어놓으면서 벽에 귀를 딱 붙였다.

『저질러버렸어…… 또 저질러버렸다고오오오오!』

이제는 일과가 되어가고 있는 유키나 선배의 부끄부끄 타임이다.

『모처럼의 기념일인데 침묵이 부끄러워서 나도 모르게 기술을 걸어버렸어…… 아아, 정말! 난 바보야 바보! 케이타랑 좀 더 이야기하고 싶었는데! 만난 날부터 지금까지의 추억을 되돌아본다는 예정이 물거품이 됐어!』

어, 진짜냐! 나랑 똑같은 생각이잖아! 러브러브한 사이냐!

지금부터라도 좋으니까 또 내 방에 와! 오늘은 밤새도록 이야기하자!

혼자 들떠있으니 갑자기 유키나 선배의 목소리 톤이 낮아졌다.

『어, 어라…… 없네? 이상하다, 잃어버렸나…….』

잃어버려?

지갑이나 방 열쇠를 잃어버린 거면 큰일이다. 괜찮을까, 유키나 선배.

『없어…… 없어! 케이타에게 줄 예정이었던 편지가 어디에도 없어!』

어? 나한테 줄 편지?

나한테 줄 예정이었다는 건…… 설마 내 방에 떨어뜨린 거 아냐?

벽에서 떨어져 유키나 선배가 앉아있던 곳 근처로 시선을 떨궜다.

"찾았다……."

개 일러스트가 그려진 귀여운 봉투가 떨어져 있었다. 분명 저것일 것이다.

봉투를 주워서 생각했다.

오늘 유키나 선배는 감사의 마음을 전하기 위해 내 방에 왔다. 그렇다면 이 편지에는 나에게 감사하는 마음이 적혀

있을 가능성이 크다.

……읽으면 안 되나?

주인의 허가 없이 편지를 훔쳐보는 건 나쁜 짓이다. 당연히 그 정도는 알고 있다.

하지만 유키나 선배라고?

편지를 돌려주러 간다고 해서 내용을 보여줄 거라는 생각은 도저히 안 들었다. 부끄러움을 숨기려고 거는 굳히기에 당하고 쫓겨날 게 분명하다.

……읽고 싶어!

유키나 선배가 마구 호감을 표하는 편지라는 레어 아이템, 완전 갖고 싶어!

유키나 선배의 편지를 몰래 읽을 것인가.

아니면 편지는 보지 않은 채로 굳히기에 걸릴 것인가.

……미안해요, 유키나 선배!

전 유키나 선배의 속마음을 알고 싶어요!

미안하다고 생각하면서 나는 봉투를 열었다.

안에는 핑크색 편지지가 접혀서 들어있었다. 나는 그것을 꺼내서 펼쳤다.

케이타에게

오늘은 나와 케이타가 만난 지 100일이 된 기념일이야.

항상 제멋대로인 나와 어울려줘서 고마워.

가끔 내가 매일 방에 가는 게 폐가 되지 않을까 하고 생각할 때가 있어.

하지만 케이타가 웃으면서 맞이해주니까 그게 기뻐서 무심결에 방에 가게 돼. 미안해. 케이타의 웃는 얼굴과 다정한 면을 정말 좋아해.

200일이 지나도, 300일이 지나도 사이좋게 지내줬으면 좋겠어.

앞으로도 잘 부탁해.

P.S. 다음에 또 둘이서 놀러 가자! 여름 분위기가 나는 곳이 좋아 ^^

나는 다 읽은 편지지를 봉투에 넣고 히죽거리는 입가에 손을 댔다.

……살짝 소리쳐도 되나?

유키나 선배 완전 귀엽잖아아아아아아아!

폐가 되지 않을까, 라고?

그럴 리가 없지!

나도 유키나 선배랑 이야기하는 게 즐거워! 오히려 하루 중에서 가장 좋아하는 시간이기도 하고! 매일 같이 있어도 질리지 않으니까 우린 무조건 궁합이 좋아!

그보다 뭘 아무렇지도 않게 정말 좋아한다고 말하는 거야! 날 행복감으로 질식시킬 셈이야!

왜 편지에서는 호감 표현이 더 추가되냐…… 정했다! 오늘부터 편지도 주고받자, 그렇게 하자!

——라고 외치면 유키나 선배에게 들리니, 나는 그 자리에서 버둥버둥 몸부림칠 수밖에 없었다.

저기, 유키나 선배.

저도 유키나 선배의 심술쟁이 같은 면을 정말 좋아해요.

저야말로 잘 부탁해요.

"하아아…… 뭐야 정말~. 웃키~ 너무 귀여워~."

이렇게 귀여운 편지를 받으니까 유키나 선배를 만나고 싶어지기 시작했잖아.

아…… 그러고 보니 유키나 선배, 아까 내 예정을 물어봤었지?

"그 말을 한 건 나중에 나랑 같이 저녁이라도 먹을 생각이었을지도……."

잘 모르겠지만 일단 같이 밥을 먹자고 해보자.

"유키나 선배. 다음에야말로 둘이서 기념일을 축하해요."

난 스마트폰을 손에 쥐고 유키나 선배에게 전화를 걸었다.

심술 많은 독설소녀와 더 친해지기 위해서.

이번에 '독설소녀는 심술쟁이1 ~벽 너머라면 솔직하게 좋아한다고 말할 수 있는걸!~'을 읽어주셔서 감사합니다. 작가 우에무라 나츠키라고 합니다. 이 작품으로 제1회 노벨업+ 소설대상에 입상하여 데뷔하게 되었습니다.

진성S 독설소녀의 귀여운 속마음이 줄줄 샌다— 즉, 이것이 이 작품의 매력입니다.

이 소설의 아이디어가 생긴 것은 약 1년 전이었습니다. 당시의 메모를 보니, 캐치프레이즈는 '진성S 태도는 부끄러움을 숨기는 행동. 독설소녀는 오늘도 옆방에서 마구 호감을 표한다!'. 다른 설정은 나름 바뀌었지만 제가 쓰고 싶은 핵심 부분만은 관철했습니다.

귀엽죠, 심술쟁이 여자아이는. 히로인인 유키나 선배도 전형적인 심술쟁이 타입입니다. 평소에는 '하인 주제에 건방져'라며 케이타를 차갑게 대하지만 벽 너머에서는 '에헤헤. 케이타 좋아~'라면서 좋아하는 티를 냅니다. 이쪽이 부끄러워질 정도로 행복에 겨운 표정으로 좋아하는 티를 내는 겁니다. 차가운 태도도 솔직해지지 못해서 그런 것일 뿐이라는 걸 알고 있으니 안심하고 받아들일 수 있죠. 독설, 다리 기술, 굳히기 기술, 전부 한꺼번에 덤벼라 이 말이에요. 넓히자, 속마음이 새어 나오는 타입의 히로인의 영역!

이 아래부터는 감사 인사를 하겠습니다.

담당 편집자 님. 항상 신세지고 있습니다. 러프가 도착할 때마다 '반쯤 울상인 여자의 표정은 끝내주네!' '페티시즘은 디테일에 깃드는 거라고요!'라며 마구 소리쳐서 폐를 끼치고 있습니다. 앞으로도 뜨뜻미지근한 눈으로 지켜봐주셨으면 합니다.

일러스트를 담당해주신 미레이 님. 유키나 선배와 모두를 귀엽게, 그리고 섹시하게 그려주셔서 감사합니다. 처음 커버 일러스트를 봤을 때는 케이타처럼 '유키나 선배 완전 귀엽잖아아아아아아아!'라고 외친 건 비밀입니다.

소설 투고 사이트 '노벨업+'에서 신세를 지고 있는 WEB 독자 여러분. 여러분의 응원 덕분에 작가도 작품도 성장할 수 있었습니다. 정말 감사합니다. 앞으로도 케이타와 유키나 선배의 달달한 러브 코미디를 잘 부탁드립니다.

마지막으로 이 책을 읽어주신 독자 여러분께 최대한의 감사를 드립니다. 감사합니다!

Dokuzetsu Shojo ha Amanojaku 1 ~Kabegoshi nara Sunao ni Sukitte Ierumon!~
©Natsuki Uemura
Originally published in Japan in 2020 by HOBBY JAPAN CO., Ltd.
Korean translation rights ©2020 by Somy Media, Inc.

독설소녀는 심술쟁이 1 ~벽 너머라면 솔직하게 좋아한다고 말할 수 있는걸!~

2021년 7월 1일 1판 1쇄 발행

저　　　자 우에무라 나츠키
일 러 스 트 미레이
옮 긴 이 박정철
발 행 인 유재옥
본 부 장 조병권
편 집 1 팀 박서연 이준환
편 집 2 팀 박치우 정영길 조찬희
편 집 3 팀 곽혜민 오준영
라이츠담당 한주원
디 지 털 박상섭 이성호 최서윤
미　　　술 김보라 서정원
발 행 처 ㈜소미미디어
인쇄제작처 코리아피엔피
등　　　록 제2015-000008호
주　　　소 서울시 마포구 토정로222, 403호 (신수동, 한국출판콘텐츠센터)
판　　　매 ㈜소미미디어
마 케 팅 이주희 최정연 한민지
전　　　화 (02)567-3388, Fax (02)322-7665

ISBN 979-11-6611-991-0 04830
ISBN 979-11-6611-990-3 (세트)